Helmar Neubacher

ADOLF HITLER »DAS BÖSE«
– und die Rache des Ziegenbocks von Leonding

Roman

Helmar Neubacher, geboren am 06.04.1940, in Sakuten, Kreis Memel, damals Deutschland, Studiendirektor i.R. und Ing. (grad.) für Schiffsbetriebstechnik – Patent CI.

Befahren der Weltmeere vom Ing.-Assistenten bis hin zum Leitenden Ingenieur.

Universitätsstudium: Gewerbelehramt mit den Fächern Metall- und Maschinentechnik und Sozialwissenschaft mit Schwerpunkt Politische Wissenschaft. Anschließend Gewerbelehrer und Koordinator an Berufsbildenden Schulen und Fachseminarleiter für Lehrer der Fachpraxis

Bisher veröffentlichte Bücher:

WIR SIND DAS VOLK – BRUCH DER SCHERE ZWISCHEN ARM UND REICH – EINE STREITSCHRIFT
ISBN: 9783744855631

ICH HABE VIEL ZU LANGE GESCHWIEGEN

Sozialdemokratie am Abgrund! Deutschland am Abgrund? Satire? Satire Satire! ISBN: 9 783732214181

CHEOPSPYRAMIDE gebaut mit den eigenen BARKEN Lösung des Jahrtausendrätsels: MASCHINEN des HERODOT + KRAFT des WASSERS ISBN: 9 783837062366

Das RAD des PHARAO - 7 Vorbedingungen für den Bau der Cheops-Pyramide - DER BAU BEGINNT
ISBN: 9 783837023107

VERMÄCHTNIS des HERODOT zum Bau der CHEOPS-PYRAMIDE Jahrtausende altes Mysterium gelüftet: 100.000 Mann – Hydrostatik – 230 Steinhebemaschinen
ISBN: 9 783839114865

PRINZESSIN DER HERZEN – Ein Drama im Spiegel der Galaxien Roman ISBN: 9 783842352223

ADOLF HITLER - A children's prank with grave consequences Roman Language: English ISBN: 9 783732214174

Helmar Neubacher

ADOLF HITLER »DAS BÖSE«

– und die Rache des Ziegenbocks von Leonding

Roman

Umschlag:
Entwurf und Gestaltung: Helmar Neubacher
www.schaduf-book.de

Bibliografische Information der Deutschen Nationalbibliothek

Die Deutsche Nationalbibliothek verzeichnet diese Publikation in
der Deutschen Nationalbibliografie, detaillierte bibliografische
Daten sind im Internet über http://dnb.dnb.de abrufbar.

Herstellung und Verlag: BoD – Books on Demand, Norderstedt
ISBN: 9783844889772

Die in diesem Buch erzählte Geschichte ist frei erfunden. Die Handlung lehnt sich aber an historische, tatsächlich stattgefundene Ereignisse an. Der Bezug auf die handelnden, zumeist nicht fiktiven Personen ist gewollt.

Obwohl es sich um einen Roman handelt, ist die Handlung des Buches eng angelehnt an Geschehnisse aus der Zeit, etwa 1918 bis 1945, in der Adolf Hitler an die Macht kam und ab 1933 die Geschicke des Deutschen Volkes bestimmte.

Um die Nähe der Handlung in diesem Buch zum historischen Umfeld zu dokumentieren, wurden einige wenige Zitate verwendet, obwohl das in einem Roman normalerweise nicht üblich ist.

Übereinstimmungen mit noch lebenden oder bereits verstorbenen Personen sind rein zufällig.

Ausgenommen sind die folgenden Personen, da es sich um Zeugen der Zeitgeschichte handelt:

Adolf Hitler, Herrmann Göring, Joseph Goebbels, Wilhelm Keitel, Martin Bormann, Heinrich Himmler, Eva Braun,
Heinrich Hoffmann, Angela Maria »Geli« Raubal, Angela Raubal, Ernst Röm, Gregor Strasser, Otto Strasser,

Eugen Wasner, Bruno Kneisel, Dietrich Güstrow (Realname: Dietrich Wilde), General von Hase, Generalrichter
Dr. Rosencrantz, Prof Dr. Müller-Hess,

August Kubizek, Stefanie Isaak, Aneliese Zakreys,
Prof. Hermann Toppa, Michael Watschinger, Prof. Leopold Pötsch

Präsident Mobuto Sese Seko.

Offener Brief an folgende Botschaften

Botschaft der Russischen Förderation
Unter den Linden 63-65
10117 Berlin
und
Botschaft des Staates Israel in Berlin
Auguste-Viktoria-Str. 74
14193 Berlin

Sehr geehrte Exzellenzen,

in dem vorliegenden Buch werden einige sehr ehrenrührige Ausdrücke aus der Zeit verwendet, in der Adolf Hitler Kanzler des Deutschen Reiches war oder sich auf dem Wege dorthin befand.

Ich, der Autor, bin ein ehemaliger Gewerbelehrer des Landes Niedersachsen in Deutschland und distanziere mich ausdrücklich von den »überaus bösartigen Ausdrücken« aus jener Zeit, die mir allein der Thematisierung des Buchinhaltes dienen.

Obwohl auch ich meine Heimat im »Memelland«, heute Litauen, durch den unseligen 2. Weltkrieg verloren habe, schließe ich mich der Aussage des ehemaligen deutschen Bundespräsidenten, Richard von Weizsäcker, an, der sinngemäß sagte, dass die »Siegermächte« das Deutsche Volk von dem »Unmenschen Hitler« und seinen »willigen Helfern« befreit haben.

Den 08. Mai 1945, den Tag des Kriegsendes, bezeichnete der Expräsident in einer Rede zum 40jährigen Bestehen der Bundesrepublik Deutschland als »Tag der Befreiung«, weil das Deutsche Volk von dem menschenverachtenden System der nationalsozialistischen Gewaltherrschaft befreit wurde.

Mit vorzüglicher Hochachtung,

Helmar Neubacher, Autor

Inhalt

Besondere Anmerkung zum

"Autoren-Ich" des Verfassers:

Es mag den Leser anfangs irritieren, dass mit Hilfe einer Kunstfigur in drei Kapiteln des Buches Beschreibungen, Analysen und Bewertungen der Vorgänge um den Diktator Adolf Hitler erfolgen. Mit diesem "Eingriff" sichert sich der Autor als sog. Autoren-Ich die Interpretationshoheit über genannte Geschehnisse. Insbesondere lassen sich nunmehr die erschreckenden Vorkommnisse um den ehemaligen "Führer" der Deutschen aus der Sicht eines viele Millionen Jahre alten Volkes beurteilen. Die Kunstfigur heißt "Immo" - ein Student mit dem Fach Geschichte vom Volk der "Toraner", das sich 2.5 Millionen Lichtjahre entfernt von den Menschen auf einer "Fernen Erde" befindet.(s. dazu auch Seite 11,13)

Hinweis: *Dieses Buch ist nach Meinung des Autors nicht geeignet für Kinder.*

Das »Böse« –
Charakterliche Prägung Adolf Hitlers

„Wer waren Sie, Adolf Hitler?
Was waren Sie?

Waren Sie Mensch, waren Sie Monster oder doch nur menschliches »Monster«?

Weshalb waren Sie, Adolf Hitler, derart »böse«, dass es für das Wort »böse« gar keine Steigerung mehr gibt?"

Dieser Frage versuchten viele Autoren und Filmemacher in der Vergangenheit nachzugehen, ohne zufriedenstellende Antworten zu liefern.

Auch das vorliegende Buch thematisiert das »Böse« im ehemaligen »Führer« der Deutschen, verbunden mit der Intention, den »Schleier der Anonymität« des Mannes zu lüften, der es vermochte, innerhalb von nur 12 Jahren so unendliches großes Leid über die Völker zu bringen.

Heeresgericht Berlin 1943 –
Prozess gegen Hitlers Schulfreund Eugen Wasner wegen »Führer-Beleidigung«

„Sie sind ein Lump, denn nur ein Lump kann sich derart schäbig benehmen!

In der äußerst schwierigen und angespannten Lage, in der sich unser Vaterland heute im Herbst 1943 befindet, fallen Sie unserem gesamten Volk in den Rücken – dem Deutschen Volk, dem auch Sie zumindest bis heute angehören! Das tun Sie nicht einmal allein durch sogenannte kritische Äußerungen, sondern auf eine geradezu verlogen sadistische Art und Weise. Sie fallen dem Mann in den Rücken, der sich Tag und Nacht in einem geradezu heroischen Kampf den Bolschewisten von Ost und den Kriegstreibern von West unermüdlich entgegenstemmt.

Gerade in diesem Moment einer Phase, in der unser Oberkommandierender der Wehrmacht – Vater unseres großen arischen Volkes – jede noch so kleine Unterstützung von jedem deutschen Untertan benötigt, in diesem Moment eines heldenhaften Kampfes stellen Sie sich als vereidigter Soldat nicht hinter Ihren Oberbefehlshaber. Sie brechen Ihren Soldateneid, indem Sie den Gehorsam aufkündigen und unseren höchsten Feldherren auf das Infamste beleidigen.

Sie unterstützen nicht mit all Ihrer Kraft Ihren obersten Befehlshaber, sondern wagen es, unseren geliebten »Führer« auf die allerschäbigste Art und Weise zu verunglimpfen – und das Abscheuliche daran ist:

Sie wählen eine geradezu
gespenstische, zutiefst
verlogene Geschichte!

Sie, Angeklagter, sind ein Lump! Das muss ich Ihnen als Soldat vor Prozessbeginn persönlich sagen, Ihnen, der unseren heiligen Waffenrock beschmutzt hat.

Sie haben damit auch Ihre ehemaligen Kameraden zutiefst beleidigt, die aufopfernd an allen Fronten unter Einsatz ihres Lebens um den Endsieg ringen.

Hoffen Sie nicht auf Nachsicht, Angeklagter,
möge Sie der gerechte Zorn
des Deutschen Volkes treffen!
Sie hinterhältiger widerwärtiger Lump!

Es lebe unser »Führer«! Heil Hitler! – Der Prozess ist eröffnet!"

..... „Ich, Immo, ein Junge auf dem über zwei Millionen Lichtjahre[1] von der Menschenerde entfernten Planeten »Tora«, bin betroffen und irritiert, denn das ist schon ein »dolles Ding«, wie der Generalrichter als Vorsitzender gegen den Angeklagten vorgeht – und das, bevor der eigentliche Prozess vor dem Zentralgericht des Heeres in Berlin überhaupt begonnen hat.

Dazu muss ich mich dem verehrten Leser aber zunächst einmal vorstellen: Ich heiße Imhotep, werde aber Immo gerufen. Ich bin ein Junge im Alter von 7500 Jahren – gerechnet in Menschenjahren – der sich in einem langjährigen Studium befindet. Für das Fach Geschichte habe ich mir zunächst die jüngste Vergangenheit gewählt, in der der Diktator Adolf Hitler

---

[1] *Ein Lichtjahr entspricht der während eines Jahres zurückgelegten Entfernung eines Raumschiffes bei einer Reisegeschwindigkeit von etwa 300.000 Kilometern in einer Sekunde – also etwa 10 Billionen Kilometer (10 mal 10 ^{12} Kilometer) Reiseweg*

die Geschicke des Deutschen Volkes auf Erde I (siehe Schema in Abb. 1) bewegte.

Das begann schleichend 1919 nach dem 1. Weltkrieg, zog sich durch die 1920iger Jahre, nahm an Intensität in den 1930iger Jahren zu, um auf seinem Höhepunkt zunächst 1945 abrupt zu enden. Manch ein Leser kennt mich bereits aus dem Roman »Prinzessin der Herzen – ein Drama im Spiegel der Galaxien«. Für die Leser, die mich noch nicht kennen, sei folgendes als Kurzerklärung hinzugefügt: Wir auf »Tora« sind ein sehr intelligentes Volk mit einer Entwicklungsgeschichte von vielen Millionen Jahren. Unseren Heimatplaneten nennen wir Erde IV. Erde IV und auch Erde III (Planet der »Kersteken«) befinden sich innerhalb der Andromeda-Galaxie. Erde II, die der »Keraner«, und Erde I, die der Menschen, liegen außerhalb unserer Galaxie in eigenen Sonnensystemen, über zwei Millionen Lichtjahre von uns »Toranern« entfernt (Abb. 1).

Den Planeten »Tora« kann man von den beiden fernen Erden nicht

..........*eine von Millionen Sternenformationen in der unendlichen Weite des Weltraumes* ....

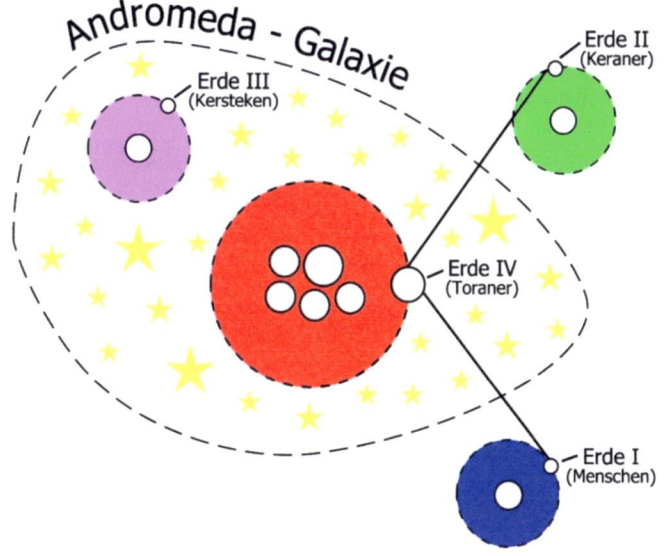

Abb. 1   Schema, Darstellung der Andromeda-Galaxie und die Lage von vier Planeten, die alle die Bezeichnung »Erde« führen – nach der Idee des Verfassers

erkennen. Aber der gewaltige Sternenhaufen – die Andromeda-Galaxie – ist sogar an manchen Tagen mit bloßem Auge von Erde I und Erde II zu sehen, trotz der übergroßen Entfernungen.

Wir »Toraner« haben herausgefunden, dass es im Weltall nur diese vier Planeten gibt – vier Himmelskörper, eine oder mehrere Sonnen umkreisend, mit ähnlichen äußeren Bedingungen.

Es ist schon erstaunlich, dass wir keine weiteren erdähnlichen Gebilde gefunden haben. Immerhin gibt es, insgesamt gesehen, fast unendlich viele Himmelskörper im Weltall.

Auf der Menschenerde hat mal ein kluger Mann gesagt, die etwaige Anzahl könne man herausfinden, wenn man alle Sandkörner in den Wüsten, auf den Stränden, an den Böden der Meere und auf den Landmassen zählen würde – dann hätte man die ungefähre Zahl. Wir »Toraner« müssen diesen Mann mit den kühnen Gedanken loben, denn er kommt bei seinem Vergleich mit den Sandkörnern der tatsächlichen Anzahl aller Sterne, Planeten, Trabanten und aller übrigen Himmelskörper schon sehr nahe.

Die vier im Schema der Abb. 1 dargestellten Planeten zeichnen sich dadurch aus, dass auf ihren Oberflächen hinsichtlich Atmosphäre, Sauerstoff, Wasser, Erdanziehung, Klima usw. ähnliche Bedingungen herrschen, die gewährleisten, dass dort im weitesten Sinne »menschenähnliche Wesen« existieren können – Tiere und auch Pflanzen.

Weshalb in ganz besonderem Maße für uns »Toraner« die Menschen so interessant sind, darauf komme ich später zu sprechen.

Damit Sie, verehrter Leser, eine gewisse Vorstellung von unserem Aussehen haben, füge ich zwei kleine Skizzen von meiner Mutter und von mir an (Abb. 2).

Wahrscheinlich werden Sie erstaunt sein, dass wir »Toraner« viel hübscher sind als es die vielen fantasievollen Zeichnungen und Filme über sogenannte Außerirdische vermuten lassen. In der Vorstellung der Menschen überwiegt die Vermutung, dass wir Ungeheuern gleichen, ganz so wie die Menschen auch die Marsbewohner beschreiben.

Wir jedoch sind zwar eine unendlich weit entfernte Spezies, aber Insektenfühler, raubtierähnliche Gebisse und Körperteile, die an komplizierte Verschraubungen erinnern, werden Sie bei uns nicht finden.

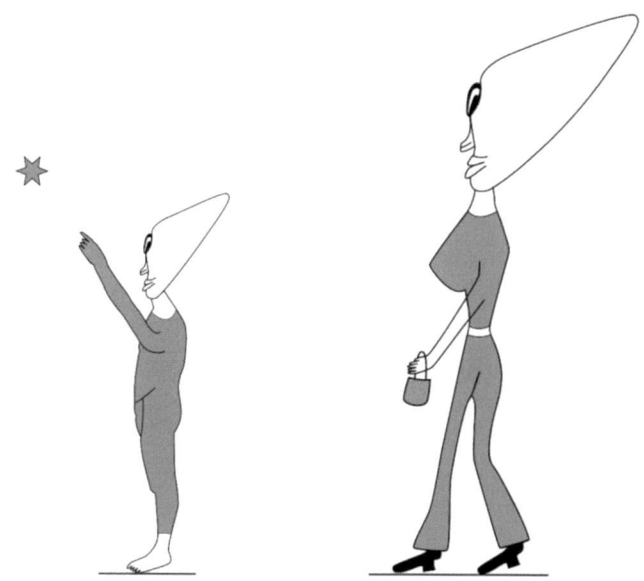

Abb. 2   Immo, ein Junge auf dem Planeten »Tora« (links) und seine Mutter (rechts) – nach der Idee des Verfassers

– die Körpergröße der Erwachsenen beträgt etwa 95 Zentimeter

Zugegeben, wir sind schon ein wenig klein, verglichen mit der Körpergröße der Menschen und auch der der »Keraner«. Doch, wenn Sie, verehrter Leser, erfahren, dass bei uns jedes normale Kind die »100 Meter« in 3,9 Sekunden läuft, dann sind wir »Kleinen« auch wieder ganz »groß«!

Ich sitze hier vor meinem riesigen Plasmafernsehschirm und erhalte in Sekundenschnelle gestochen scharfe Bilder von der Menschenerde, von meinem Auge viel dimensioniert und deshalb völlig räumlich wahrgenommen.

In diesem Falle handelt es sich um geschichtsträchtige Aufzeichnungen aus bereits vergangener Zeit eines Gerichtsverfahrens – zurückgerufen eigens für mich in die Gegenwart. Den Fortgang des Prozesses werde ich nun genauestens verfolgen, um dann für mein Geschichtsstudium die nötigen Schlüsse zu ziehen." …..

Vor dem Zentralgericht des Heeres in Berlin muss sich der Gefreite Eugen Wasner, einst ein Schulfreund Adolf Hitlers, im Herbst 1943 verantworten – unter der Gefahr, zum Tode verurteilt zu werden.

Und dass der Angeklagte nichts Gutes zu erwarten hat, wird erneut gleich zu Prozessbeginn in Mimik und Gestik der Anwesenden deutlich: Eisige, ablehnende geradezu strafende Blicke, gekennzeichnet von Hochmut und Überlegenheit durchbohren ihn förmlich. Man spürt die tödliche Bedrohung, die von Seiten der Gerichtsführung ausgeht.

„Ist der Urteilsspruch bereits gefasst, bevor die Verhandlung überhaupt stattgefunden hat?", drängt sich für den Beobachter die Frage auf.

Derweil sitzt der Angeklagte zusammengesunken auf einer Bank. Er gibt ein gar jämmerliches Bild ab, verglichen mit den vor »Lametta« geradezu strotzenden Personen auf dem stark erhöht angebrachten Richterpodium. Auf einer zweiten kleinen Bank sitzt sein Verteidiger in schwarzen Robe – blätternd in einem dicken Ordner, der vor ihm auf einem winzigen Tischchen liegt.

Zwei hünenhafte Unteroffiziere stehen unmittelbar hinter dem Angeklagten und seinem Rechtsbeistand. Ihre vor der Brust hängenden Maschinenpistolen, die schmucken Uniformen und ihre nichtssagenden, völlig ausdruckslosen Gesichter lassen etwas Bedrohliches auch von ihnen ausgehen. Die »Wachmänner« sind ausgezeichnet mit dem EK I (Eisernes Kreuz 1. Klasse), das sie auffällig tragen. Man hat den Eindruck, dass sie nicht nur den Angeklagten, sondern auch seinen Rechtsanwalt bewachen.

„Soll bereits zu Beginn des Prozesses auch Druck auf den Rechtsbeistand ausgeübt werden?"

Die beiden waffenstrotzenden Unteroffiziere werden möglicherweise aus der Masse ihrer Kollegen herausgehoben. Es dürfte schon eine gewisse soldatische Auszeichnung sein, an diesem Prozess teilzunehmen.

Der Angeklagte ist kleinwüchsig – schlank. Die Uniform hat man ihm genommen und ihn in eine schlotternde, viel zu große Drillichhose gesteckt. Auch die Jacke ist viel zu groß, lässt aber am Hals ein geschlossenes hellgrünes Gefängnishemd erkennen, das so gar nicht zum schmutzig grauen, leicht gestreiften »Schlotteranzug« passt.

Der Angeklagte wirkt total eingeschüchtert. Drei Monate Einzelhaft im Wehrmachtsuntersuchungsgefängnis in Berlin-Spandau, völlig isoliert von der Außenwelt, haben ihre Spuren hinterlassen. Der etwa Fünfzigjährige hat tiefe eingegrabene Falten, die seinen sorgenvollen Gesichtsausdruck noch verstärken. Große schwarze Augenränder zeugen davon, dass dieser Mann fast 100 Tage nicht richtig geschlafen hat und wohl auch nicht gerade mit üppigem Essen versorgt wurde. Übergroße Geheimratsecken verstärken das Bild eines seelisch Zermürbten.

Entbehrungsreiche Haft zeigt bereits jetzt die unübersehbaren Auswirkungen. Das ausgemergelte Gesicht, verbunden mit den herabhängenden Schultern und dem gebeugten Rücken signalisieren überdeutlich:

„Ich habe Angst, und ich bin so furchtbar alleine und gegenüber der richterlichen Gewalt so überaus hilflos!"

Und als ob er auf ein klein wenig Verständnis bezüglich seiner Person hoffen könnte, wagt der Angeklagte einen zaghaften Blick in die Runde. Da sitzen noch zwei Schreiber, die alles protokollieren, und ein dritter Soldat, der ein Tonband bedient.

Doch im Zentrum des Geschehens stehen der überaus grimmig dreinblickende Generalrichter als Vorsitzender, zwei Heeresrichter als Beisitzer und der Oberkriegsgerichtsrat als Anklagevertreter.

Merkwürdig, der Angeklagte schaut in diesem Moment gar nicht in Richtung dieser vier Männer, sondern wie entgeistert auf einen Punkt rechts von ihnen.

Nun beginnt er zu zittern, obwohl es im Gerichtsraum angenehm warm ist. Erkennt der Angeklagte möglicherweise nicht die Gefahr von vorne kommend, sondern weiter rechts?

Und richtig, hier sieht er zwei Männer, die gar nicht real sind – die dort gar nicht sitzen – und doch treten diese beiden Personen für den geschwächten, vor Angst wie von Kälteschauern durchgerüttelten bibbernden Angeklagten zunächst schemenhaft, dann immer deutlicher hervor.

„Von dort kommt der eigentliche Angriff auf mich, einen kleinen unbedeutenden Gefreiten. Diese beiden sind die gefährlichen Gegner, nicht der Vorsitzende und seine drei »Gerichtskollegen«!", macht er sich seine eigene Lage klar.

Eugen Wasner stiert weiterhin auf den ominösen Punkt mit den fiktiven Männern rechts von den gerichtsführenden Personen. Jetzt sieht er sie ganz deutlich, und er erkennt sie auch:

Der persönliche Adjutant von Generalfeldmarschall Keitel und seine Ordonnanz.

Beide blicken mit ernsten, fast traurigen Augen in Richtung des Angeklagten – wenn da nur nicht die Blicke derart stechend wären. Ihre mit Rangabzeichen und Orden behängten Offiziersuniformen lassen sie als groß und übermächtig erscheinen, im Gegensatz zu dem unscheinbaren Angeklagten in seiner Winzigkeit.

Hier drängt sich als Vergleich ein riesiger Tiger auf, der sich vor einem vor Angst schlotternden klitzekleinen Rehkitz aufgebaut hat, bei dem soeben die schwachen stelzenartigen Beinchen einknicken.

Dieser Vergleich mit dem kraftstrotzenden, so übermächtigen Tiger mag durchaus zutreffend sein, denn eine schwere Stahlkette, die die Füße fesselt, macht aus dem Angeklagten ein Wesen vergleichbar dem völlig verängstigten Rehkitz.

Auf der einen Seite der mordlüsterne, überlegene Tiger – auf der anderen Seite das kleine Kitz, das nur noch aus übergroßen, angsterfüllten braunen Augen zu bestehen scheint – ein letzter Ruf nach der Mutter!

Der Angeklagte zuckt, er schrickt förmlich zusammen: Der Adjutant des Generalfeldmarschalls Keitel ist plötzlich weg und auch seine Ordonnanz! Eugen Wasner reibt sich die Augen – unglaublich, er sieht sie beide nicht mehr!

„Ich träume oder habe ich bereits Halluzinationen – eine »Fata Morgana« im Gerichtssaal?", murmelt Wasner kaum hörbar.

„Blicken Sie hierher, Angeklagter, und lassen Sie das Sprechen! Hier spielt die Musik! Oder sind Sie gar nicht interessiert an dem, was vor Gericht passiert? Immerhin sind wir alle nur Ihretwegen hier! Ich rufe Sie hiermit zur Ordnung auf!", hört man die Stimme des Vorsitzenden.

Dem gerichtserprobten »Soldatenjuristen« ist das gedankliche Abgleiten des Angeklagten nicht entgangen. Er weiß zwar nichts Genaues, doch Träumen hat er schon des öfteren bei Angeklagten in Prozessen erlebt, bei denen es auf Leben oder Tod ging.

„Häufig sind diese Verbrecher schon gar nicht mehr hier, sondern entziehen sich der Wirklichkeit, indem sie sich bereits in der

Scheinwelt ihrer Zukunft befinden", denkt der Generalrichter für sich, wobei er mit dem Kopf nickt, als wolle er sich selbst zustimmen.

„Ich habe Halluzinationen", wiederholt Eugen Wasner für sich selbst, jetzt aber, ohne die Lippen zu bewegen. Das ist auch kein Wunder bei der nervlichen Anspannung und der schlechten körperlichen Verfassung.

Noch gestern hatte der Anwalt seinem Mandanten das Unglaubliche mitgeteilt:

„Generalfeldmarschall Keitel hat sich in das gerichtliche Verfahren eingemischt!"

Der dem Rechtsanwalt Güstrow gut bekannte Generalrichter Rosencrantz, der beim Berliner Stadtkommandanten General von Hase oberster Richter des Kriegsgerichts der Berliner Stadtkommandantur ist, hatte Herrn Güstrow dies »gesteckt«. Rosencrantz war wegen seiner überaus herausragenden Position über derart wichtige, allerdings streng geheime Interna informiert.

„Überaus bedrohliche Situation!", erfasst Eugen Wasner seine persönliche Lage, in der auch die letzten Hoffnungen schwinden.

So wie das kleine Rehkitz möchte auch er nach der Mutter rufen – doch wo ist die Mutter des Angeklagten? Sie wäre natürlich tröstender Beistand, allein schon durch ihre Anwesenheit.

Die Mutter, Frau Wasner, durfte natürlich nicht kommen. Die Öffentlichkeit ist, wie in solchen Fällen üblich, ausgeschlossen – Grund: Gefährdung der Staatssicherheit!

„Wie gut, dass Generalrichter Rosencrantz meinem Anwalt die Information unter dem Mantel der Verschwiegenheit gab – gut zu wissen, von wo die eigentliche Gefahr für mich herkommt – aber auch so furchtbar erschreckend in ihrer unumstößlichen Konsequenz:

Mein Schulfreund Adolf Hitler will meinen Kopf!"

„Da – da sind sie wieder, die beiden »Prozessbeobachter« des Generalfeldmarschalls Keitel", murmelt der Angeklagte und ist durch ihr erneutes Auftauchen vor seinem geistigen Auge gar nicht mehr überrascht und auch nicht erschrocken wie zuvor.

Eugen Wasner sieht beide Personen wieder ganz deutlich, denn er stiert, wie auch bereits vorher, auf das Trugbild rechts vom Vorsitzenden Richter.

Und den beiden »Prozessbeobachtern« fällt natürlich ein geradezu mörderisches Übergewicht zu. Sie sind Befehlsempfänger des Generalfeldmarschalls, der sich mit seinem Oberkommando der Wehrmacht (OKW) derzeit in Rastenburg/Ostpreußen befindet.

In unmittelbarer Nähe des OKW hält sich auch Adolf Hitler auf.

Nach dort, zur berühmt-berüchtigten »Wolfsschanze« muss Keitel täglich berichten, und von dort erhält der bekannt willensschwache Generalfeldmarschall seine Weisungen, denn inzwischen ist Adolf Hitler der Oberbefehlshaber der Wehrmacht.

So war es auch nicht verwunderlich, dass Keitel – im Namen Hitlers – bereits vor Prozessbeginn die ausdrückliche Weisung an das Zentralgericht des Heeres ausgab, gegen Eugen Wasner die Todesstrafe zu beantragen. Ferner drängte er auf besonders beschleunigten Verfahrensablauf, weil man von »allerhöchster Stelle« ein schnelles Prozessende wünschte.

Geradezu verärgert äußerte sich Keitel darüber, dass der Anklagevertreter es für nötig befunden hatte, ein Gutachten zum Geisteszustand des Angeklagten anzufordern, was nach eindringlicher Antragsbegründung durch Rechtsanwalt Güstrow von der Anklage in Auftrag gegeben wurde.

….. „Ich, Immo, bin sprachlos – auch mein Vater findet keine Worte mehr! Seit einiger Zeit steht er schon hinter mir und schaut gebannt auf den riesigen Plasmafernseher – weit entfernt vom Geschehen auf der Menschenerde und für uns beide über das Fernsehen »doch so nah« – ganz so, als säßen auch mein Vater und ich, sein Sohn, im Gerichtssaal in Berlin-Spandau.

Besonders für ihn ist es völlig unverständlich, was dort 1943 in diesem Gerichtsverfahren geschieht. Für meinen Vater auf »Tora« sind aber die Erdgeschehnisse von allergrößtem Interesse.

›Siehst Du, mein Sohn, vom Standpunkt eines Soldaten – und auch ich bin ein Viersternegeneral – dürfte eine derartige Einmischung des »Führers« Adolf Hitler und seines Generalfeldmarschalls Keitel niemals stattfinden – bei einem laufenden Verfahren.

Pass auf, mein Sohn, der Hitler tötet den armen Wasner mit seinem »langen Arm« über das Gericht – er ermordet seinen Schulfreund, mit dem er im gleichen Ort aufwuchs und die Kindheit verbrachte.

Sogleich bekommst Du, mein Sohn, sicher die noch fehlenden Informationen, wenn der Prozess weitergeht.

»Mordlüsterner Tiger und winziges, hilfloses Rehkitz« – ein treffender Vergleich! Eugen Wasner ist bereits verloren!‹, trifft mein Vater, als fachkundiger Beobachter, seine Vorhersage." …..

Der Gerichtsraum hat weiß getünchte Wände und eine karge Bestuhlung mit einigen Tischen. Einziger Schmuck ist ein schwarz-weißes Bild von Adolf Hitler an der Wand über dem Vorsitzenden – links davon die Hakenkreuzfahne des großdeutschen Reiches und rechts ein Spruch in schwarzer Druckschrift :

RECHT MUSS RECHT BLEIBEN!

Die Öffentlichkeit ist ausgeschlossen, wie schon gesagt.

Vorsitzender:

„Angeklagter, äußern Sie sich zur Person, stehen Sie auf!"

Und der Angeklagte erklärt mit leiser Stimme, dass er Eugen Wasner heiße, vor über 50 Jahren in Leonding bei Linz, im damaligen Österreich, geboren wurde und zusammen mit seinem heutigen »Führer« Adolf Hitler aufwuchs, den Beruf des Buchhalters erlernte und 1940 zur Wehrmacht eingezogen wurde. Er habe zuletzt in einer Infanteriekompanie an der Ostfront gedient – im übrigen bedaure er es sehr, seinen Kameraden die »Ziegenbockgeschichte« erzählt zu haben. Es wäre ihm niemals in den Sinn gekommen, damit seinen ehemaligen Mitschüler, den heutigen »Führer« und Kanzler des Deutschen Reiches, zu beleidigen oder zu verletzen. Sollte dieser Eindruck doch entstanden sein, so möchte er sich entschuldigen und bitte den »Führer« um Verzeihung.

Während seines kurzen Vortrags, bei dem es ihm mehrfach die Stimme verschlägt und er ins Stocken gerät, steht der Angeklagte wie eine Vogelscheuche nach vorne gebeugt auf Sandalen, die wie komische Holzschlappen aussehen. Dabei versucht er immer wieder, seine viel zu große Hose hochzuziehen, denn Bauchriemen und Hosenträger hat man ihm nicht gelassen. Er gibt ein geradezu jämmerliches Bild ab, im Gegensatz zu den überaus gesund aussehenden anderen Personen in ihren feschen, makellosen Uniformen.

Vorsitzender:

„Das Wort hat als Ankläger der Wehrmacht, Herr Oberkriegsgerichtsrat Fersenstein."

„Herr Generalrichter, meine Herren beisitzenden Richter, Herr Rechtsanwalt. Vor uns befindet sich der Angeklagte Eugen

Wasner. Ich bin seit nunmehr fünf Jahren Anklagevertreter, doch so eindeutig wie in diesem Falle fand ich noch niemals eine gerichtliche Sachlage vor.

Der Angeklagte fiel bereits mehrfach dadurch auf, dass er vor seinen kämpfende Kameraden den Endsieg offen anzweifelte.

Kriegsverhetzung nennt man so etwas, wenn jemand versucht, den eigenen Soldatenkameraden den Mut im Kampf gegen den »russischen Untermenschen« zu nehmen. Die Vorgesetzten des Angeklagten handelten völlig richtig und vorausschauend, als sie diesen Sachverhalt an die nächsthöhere Dienststelle weitergaben. Hier sei besonders Herrn Reserveoberleutnant Meier gedankt, der die Straftat aufdeckte.

Handelt es sich bereits in diesem Falle um **Hochverrat** – zu bestrafen mit dem Tode – so findet man zu der »Ziegenbockgeschichte«, in die unser geliebter »Führer« Adolf Hitler als neunjähriges Kind hineingezogen wird, überhaupt keine Worte – geradezu absurd!

Könnte man diese Geschichte in normalen Zeiten vielleicht als dem »Gehirn eines Irren« entsprungen abtun, so ist das in dieser Phase des Krieges nicht mehr möglich. Im übrigen bezeugt das Gutachten des Herrn Oberarztes der psychiatrischen Abteilung unter Leitung von Prof. Dr. Müller-Hess an der Berliner Universität, dass der Angeklagte nicht irre und damit voll schuldfähig ist!

Jedem hier Anwesenden ist diese furchtbar ehrenrührige Geschichte bekannt, die ich dann später noch einmal vorlese, ohne hier näher darauf einzugehen. Da der Angeklagte bereits mehrfach gestanden hat, unseren »Führer« zutiefst beleidigt und diffamiert zu haben, liegt das Schuldeingeständnis bereits vor – und auf die genannten Verbrechen steht die **Todesstrafe**!"

….. „Ich, Immo, sitze auf »Tora«, 2.000.000 Lichtjahre entfernt vom Geschehen, doch ich bin geradezu starr vor Schreck – genauso wie der Angeklagte, der Hilfe suchend zu seinem Anwalt sieht. Gespannt schaue ich dem sich fortsetzenden Gerichtsverfahren zu." …..

Vorsitzender:
„Herr Rechtsanwalt Güstrow, Sie haben das Wort. Doch beziehen Sie sich nur auf das Wesentliche und verschonen Sie uns mit nichtssagenden Abschweifungen."

„Herr Generalrichter, meine Herrn Nebenrichter, Herr Oberkriegsgerichtsrat, der Angeklagte hat diese absurde Geschichte leider bisher nicht widerrufen, aber, wenn er zu Wort kommt, wird er dem Hohen Gericht sicher mitteilen, dass die Geschichte nicht wahr ist, sondern allein seiner Fantasie entsprungen, verbunden mit der Intention, sich vor seinen Kameraden im Felde wichtig zu machen. Damit würde der Tatbestand der **Wehrkraftzersetzung** fortfallen, weil vom Angeklagten die Diffamierung unseres »Führers« niemals beabsichtigt war.

Ich wiederhole: lediglich Wichtigtuerei eines kleinen Soldaten, der das Privileg hatte, unseren »Führer« als Kind zu kennen!

Zudem macht die Verteidigung mildernde Umstände geltend, da der Angeklagte niemals beabsichtigte, »Führer« und Reichskanzler Adolf Hitler zu beleidigen.

Die, seinen Kameraden vorgetragene Geschichte bedauert der Angeklagte zutiefst und entschuldigt sich nochmals bei seinem Kriegsherren Adolf Hitler.“

Vorsitzender:
„Angeklagter, äußern Sie sich nun zur Sache! – Doch langweilen Sie uns nicht mit Geschichten, die wir schon viele Male durchgekaut haben! Um Ihnen und auch uns die ganze Angelegenheit zu erleichtern, werden wir Ihnen nunmehr vorlesen, was Sie bereits mehrfach zu Protokoll gegeben und vor zwei Tagen nochmals vor drei Zeugen unterschrieben haben. Es ist damit lediglich erforderlich, besagten Protokolltext erneut hier vor Gericht zu bestätigen – es geht also nur um die Geschichte, die Sie Ihren Kameraden vor drei Monaten an der Ostfront erzählt haben.

Herr Oberkriegsgerichtsrat, bitte lesen Sie den Text des Protokolls der Ordnung halber noch einmal vor!“

Und der Anklagevertreter beginnt sogleich, wobei seine Stimme nicht einmal unfreundlich klingt, denn was ihm nur noch fehlt, ist das erneute »Ja« des Angeklagten – das endgültige **Schuldeingeständnis** vor Gericht:

„Ich hatte meinen Kameraden gegenüber die derzeitige Lage des Krieges für uns alle als sehr kritisch beurteilt. Insbesondere unsere eigene Situation empfand ich außerordentlich besorgniserregend, weil wir im Mittelabschnitt der Ostfront immer wieder mit dem Russen in verlustreiche Rückzugsgefechte verwickelt waren.

Unsere Lage war geradezu aussichtslos:

- keine Waffen, keine Munition
- keine Entlastungsangriffe benachbarter Verbände
- wenig Essen, schlechtes Wasser, keine Unterkünfte und kein Nachschub.

Die Lage war einfach katastrophal und unsere Stimmung bei der Truppe auch! Zu allem Unglück stand der Winter schon wieder vor der Tür und wie ein Damoklesschwert hing der Untergang der gesamten 6. Armee in Stalingrad im Januar diesen Jahres über uns. Voller Schrecken dachten wir an die letzten 91.000 Mann einer ehemals stolzen Armee mit 300.000 Soldaten, die geschlagen, verlaust, krank, kaputt, hungernd und ohne warme Kleidung in russische Gefangenschaft ging – einfach hoffnungslos, wenn man die Niederlage von Stalingrad schon als mit kriegsentscheidend betrachtete. Als ich so meine Besorgnis als kämpfender Soldat äußerte – mich mehr so als kleiner »Feldherr« fühlend eigentlich nur zur Unterhaltung meines »Haufens« beitragen wollte, da forderte mich einer meiner Kameraden mit den folgenden Worten auf, doch einmal selbst etwas zu tun und nicht nur zu reden – denn alle wussten inzwischen, dass ich ein Schulfreund unseres geliebten »Führers« aus Kindertagen war.

›Schreibe doch mal an Deinen ehemaligen Mitschüler. Sage ihm doch unumwunden, was hier eigentlich tatsächlich los ist. Dein ehemaliger Schulfreund, unser heutiger oberster Kriegs- und Feldherr, wird sicher erstaunt sein, zu erfahren, wie es bei seinen Landsern an der Ostfront tatsächlich aussieht – er, an seinen Karten, weiß es sicherlich nicht!‹

Darauf antwortete ich:
»Ach, der Adolf! Der ist ja deppert schon von kleinauf, wo ihm doch ein Ziegenbock den halben Zippedäus abgebissen hat!«[2]

Und die Landserkollegen waren sprachlos und staunten über diese Geschichte. Ich wurde durch das immense Interesse meiner Kameraden regelrecht angespornt – stand plötzlich im absoluten Mittelpunkt – so dass ich fortfuhr:

»Jawohl, ich bin doch selbst dabei gewesen. Eine Wette hat er gemacht, der Adi, daß er einem Ziegenbock ins Maul pinkeln

---

[2] *Dietrich Güstrow, Tödlicher Alltag. Strafverteidiger im Dritten Reich, Severin und Siedler [1981], S. 134*

würde. Als wir ihn ausgelacht haben, hat er gesagt: ›**Kommt's mit, wir gehen auf die Wies', da ist ein Ziegenbock.**‹

Auf der Wies' hab ich den Ziegenbock festgehalten zwischen meinen Beinen, ein andrer Freund hat dem Ziegenbock mit 'nem Stock das Maul aufgesperrt, und der Adolf hat dem Bock ins Maul gepinkelt. Grad' als er dabei war, hat der Freund den Stock weggezogen, der Bock hat hochgeschnappt und dem Adolf in den Zippedäus gebissen. Geschrien hat der Adi da aber fürchterlich und ist heulend davongelaufen!«[3] "

Der Vorsitzende in freundlichem Ton:
„Angeklagter, haben Sie den soeben gehörten Text wortwörtlich zu Protokoll gegeben?"

»Jawohl, das habe ich erzählt als einen Spaß aus des Führers Jugend.«[4]

Wieder hebt der Vorsitzende an, und seine Stimme klingt geradezu väterlich freundlich, aber doch irgendwie mit einem gefährlich lauernden Unterton. Alle Prozessbeteiligten spüren förmlich die Gemeinheit und Unehrlichkeit der folgenden Frage – nur der Angeklagte nicht! … Tappt er in die gestellte Falle, groß wie ein Scheunentor?

Vorsitzender:
„Angeklagter, haben Sie sich die Geschichte möglicherweise nur ausgedacht, Ihren Kameraden nur erzählt als dummen Scherz?"

Von der Bank des Rechtsanwaltes ist nur ein pfeifendes Ausstoßen spannungsgeladener Luft zu hören:

„Alles verloren!", sagt das pfeifende Geräusch.

Und der Angeklagte antwortet mit fester Stimme, wobei sich sein schlaffer, hagerer Körper kerzengerade aufrichtet:

»Nein, das habe ich mir nicht ausgedacht. Was wahr ist, muß wahr bleiben.«[5]

---

[3] *Dietrich Güstrow, Tödlicher Alltag. Strafverteidiger im Dritten Reich, Severin und Siedler [1981], S. 134-135*

[4] *s.o., S. 135*

[5] *Dietrich Güstrow, Tödlicher Alltag. Strafverteidiger im Dritten Reich, Severin und Siedler [1981], S. 135*

Alle Prozessbeteiligten sehen sich zufrieden an und lächeln, nur der Angeklagte und sein Rechtsanwalt lächeln nicht.

Sie schauen sich in die Augen – doch die vier Augen verstehen einander nicht – zwei Augenpaare »sprechen« zwei unterschiedliche Sprachen.

Im Gerichtssaal ist es für eine halbe Minute mucksmäuschenstill, man hört nur noch das Geräusch kratzender Schreibfedern der Protokollanten.

Dann sagt die Stimme des Vorsitzenden mit einem sehr zufriedenen Unterton:
„Ich unterbreche die Verhandlung für anderthalb Stunden. Stärken Sie sich meine Herren; um 14 Uhr machen wir weiter.“

….. „Auch mein Vater, der Viersternegeneral auf dem fernen Planeten »Tora« und ich, Immo, sein studierender Sohn können eine Pause gebrauchen.

›Siehst Du, mein Sohn, was der Vorsitzende für eine »linke Bazille« ist? – Er hat dem armen Wasner sogar eine Brücke gebaut, wohl wissend, dass der ansonsten etwas großspurige und rechthaberische kleine Gefreite nicht über diese Brücke gehen wird. – Er wusste von vornherein, dass Wasner nicht zugeben würde, die Geschichte sei erfunden und nur ein Scherz!‹

›Also war das Ganze nur eine Floskel, eine nichtssagende »Schaumschlägerei« – ein Wortspiel‹, antworte ich –

›und der Wasner tappt auch prompt in die Falle!‹“ …..

Punkt zwei Uhr am Nachmittag haben alle Beteiligten wieder ihre Plätze eingenommen.

Der Vorsitzende eröffnet die zweite Runde:
„Herr Oberkriegsgerichtsrat, halten Sie für die Anklage das Schlussplädoyer.“

Der Ankläger erhebt sich, wobei er mit wichtiger Miene in die Runde schaut, als würden ihm mehrere hundert Zuhörer an den Lippen hängen und nicht so wie hier nur sechs Personen – und er beginnt:

„Noch niemals vorher war eine Gerichtsverhandlung derart klar – von Anfang an bis hierher zum Schluss, ich kann mich nur wiederholen“, und seine an sich bis hierhin angenehme

Baritonstimme wird nun geradezu schneidend, obwohl sie nicht lauter wird, aber doch vergleichbar scharf wie ein Messer. Dazu zeigt der Ankläger auch noch mit ausgestrecktem Arm und Zeigefinger auf den Angeklagten:

„Der Angeklagte hat seine Tat gestanden – eine Straftat, die in der Rechtsgeschichte dermaßen einmalig ist, dass wir sie nach Schluss der Verhandlung und erfolgter Sühne schnellstens vergessen sollten. Noch niemals zuvor wurde ein Feldherr, weder Alexander der Große, Friedrich der Große noch Napoleon derart beleidigt und das von seinem kleinsten Untergebenen, einem Gefreiten.

Im allerschwersten Abwehrkampf gegen den Bolschewismus fällt ein Soldat seinem Kriegsherrn in den Rücken! Heimtückischer und verleumderischer kann eine Lügengeschichte gegenüber unserem »Führer« und Reichskanzler Adolf Hitler nicht sein. Diese Geschichte ist in ihrer Widerwärtigkeit auch gleichzeitig zur Schande des ganzen Deutschen Volkes angelegt – zur Schande der vielen hunderttausend Kämpfenden an allen Fronten wie auch der Kämpfenden im Heimatland.

Es liegen demnach zwei mit dem Tode zu ahndende Verbrechen vor – nämlich das der **Heimtücke** und der **Wehrkraftzersetzung**.

Der Angeklagte hat sich somit schuldig gemacht gegenüber den bereits 1933 geschaffenen »Besonderen Strafgesetzen« – und zwar hier »Heimtückegesetz« und »Kriegssonderstrafrechts-verordnung«. Gegen ein derart gefährliches Individuum, wie es nun einmal dieser ehrlose ehemalige Gefreite darstellt, müssen das Deutsche Volk und die Wehrmacht geschützt werden. Deshalb beantrage ich für den Angeklagten Eugen Wasner die

Todesstrafe!“

Rechtsanwalt Dietrich Güstrow ist ein erfahrener Fachmann für Kriegsgesetze. Schon oft hat er in den letzten Jahren im Rahmen einer zunehmenden Schreckensherrschaft des national-sozialistischen Systems Angeklagte »herausgehauen« – trotz Gefahr für das eigene Leben.

„Doch was soll ich in diesem Falle noch machen?
Was kann ich in den wenigen verbleibenden Minuten noch tun?

Eugen Wasner hat sich schon von Anfang an – vor und während des Prozesses – um Kopf und Kragen geredet: Wie ein Elefant im Porzellanladen hat er sich aufgeführt – nun ist alles kaputt – nur noch Scherben!“

Vorsitzender:
„Angeklagter, Sie haben das letzte Wort.“

Eugen Wasner zuckt zusammen!

Er scheint überrascht, dass er noch einmal angesprochen wird, schreckt regelrecht auf – ganz so, als hätte er bereits mit allem abgeschlossen und befände sich wieder auf seiner Traumreise. Doch hier gibt es keinen Traum, in den man sich flüchten kann. Eugen Wasner befindet sich in der Gegenwart – und die Gegenwart ist real und tut weh – sie ist tödlich!

Tod ist ihm angedroht – das kleine Buchhaltergehirn versteht gar nichts mehr – Tod wegen einer »Ziegenbockgeschichte«!

Der Angeklagte steht auf, faltet die Hände vor seinem Schoß, stellt sich kerzengerade hin – doch dann sackt das dünne ausgemergelte Männchen förmlich in sich zusammen:

sitzt zusammengesunken, völlig gebeugt auf seinem Holzstuhl –
niemand hilft!

Auch der Anwalt kann nicht helfen, obwohl er unmittelbar an seinem eigenen Tisch neben dem des Angeklagten sitzt. Der Verteidiger ist genau so blass wie sein Schützling – und er wirkt fast noch hilfloser als dieser:

„Nichts, aber auch gar nichts hat dieser starrköpfige Angeklagte zu meiner Verteidigungsstrategie beigetragen:

- erfundene Geschichte
- Jugendstreich, der gar nicht stattgefunden hat
- stark übertriebene Geschichte
- einmal Mittelpunkt im Kreise der Soldatenkameraden sein
- protzen mit der Tatsache, Schulfreund des großen Feldherrn Adolf Hitler zu sein
- angeben mit seinem vertrauten Jugendumgang
- alles nur der Fantasie entsprungen.

Nunmehr: echte Reue und großes Bedauern!

Nichts, aber auch nichts hat dieser Angeklagte begriffen:
Er steht an einer, mehrere hundert Meter hohen Klippe – im Bewusstsein, das der nächste Schritt den sicheren Tod bedeutet.

Doch was macht dieser Mensch?
Er vollzieht nicht den rettenden Schritt zurück.

Nein, er macht den Schritt nach vorne,
öffnet die Arme als habe er Flügel –
lächelt und springt!"

Merkwürdig, es scheint so, als versuche der Angeklagte den Vorsitzenden anzublicken – oder blickt er gar seinem Jugendfreund »Adi« in die so veränderten mörderischen Augen, die vom Schwarz-Weiß-Foto über dem Vorsitzenden herüberstarren – und der Angeklagte spricht dem Führerbild zugewandt:

»Bei Jesus und Maria, er hat's aber doch getan, der Adi!«[6]

Seine Stimme, leise aber verständlich, wird lauter, und der schmächtige Eugen Wasner erhebt sich auf seinen jämmerlichen Schlappen und spricht so laut und deutlich, dass ihn nun alle Anwesenden gut verstehen können:

»Ich kann's beschwören, bei meinem Leben!«[7]

Der Vorsitzende ist völlig ungehalten, springt auf, wobei er eine abschneidende Handbewegung macht, die auch zu dem äußerst scharf gefassten Ton passt. Es fehlt nur noch das Wort »Lump« wie kurz vor Beginn der Verhandlung – und er poltert los:

„Nun ist es aber genug! Das ist ja unerhört, was sich dieser Mensch noch alles erlaubt!"

Die drei Heeresrichter stehen auf und entschwinden in einem Beratungszimmer.

Es vergehen nicht einmal dreieinhalb Minuten, und das Gericht kehrt zurück.

Rechtsanwalt Dietrich Güstrow weiß aus jahrelanger Erfahrung:
- Beratungsdauer des Zentralgerichtes des Heeres länger als fünf Minuten mit der Folge:
  Der Tod geht vorbei!
- Kürzer als fünf Minuten mit der Folge:
  Der Strafantrag des Anklägers wird bestätigt!

---

[6] *Dietrich Güstrow, Tödlicher Alltag. Strafverteidiger im Dritten Reich, Severin und Siedler [1981], S. 139*

[7] *s.o., S. 139*

Alle Beteiligten hören stehend das Urteil des Gerichtsvorsitzenden:

» ›Im Namen des Volkes‹: Der Angeklagte Eugen Wasner hat Deutschlands Führer und Reichskanzler in übelster Weise heimtückisch beleidigt und verleumdet. Er hat hierdurch und durch weitere defätistische Äußerungen die Wehrkraft des deutschen Volkes zersetzt.

Er wird deshalb mit dem Tode bestraft. [...] Die Verhandlung ist geschlossen, der Verurteilte ist abzuführen.«[8]

Erwachen und Erkenntnis –
Der Gefreite Wasner sieht den Schulfreund »Adi« demaskiert als das »absolut Böse«

Der Verurteilte schreckt auf!

Drei Tage hat er sich nun ein wenig erholt, und er ist innerlich ganz ruhig.

Für ihn ist die Geschichte abgeschlossen – die »Geschichte Eugen Wasner«!

Dem Verurteilten ist klar geworden, dass das eigentliche Thema »Adi und der Ziegenbock« nur dazu beigetragen hat, ein wenig Licht in das zwielichtige Dunkel um die Person Adolf Hitler zu bringen – ein Dunkel, das der erklärte »Führer« der Deutschen keinesfalls zu erhellen wünscht.

Der Verurteilte zuckt zusammen. Ein ungewöhnliches Geräusch trifft sein Ruhe suchendes Ohr. Die Zellentür wird aufgerissen und herein tritt Rechtsanwalt Güstrow – förmlich hineingeschoben von zwei Wachsoldaten.

„Zwanzig Minuten", sagt der eine kurz angebunden. Beide drehen sich auf den Hacken, reißen den rechten Arm nach oben, rufen wie aus einem Mund

„Heil Hitler", und gehen.

So plötzlich wie die beiden kamen, so plötzlich sind sie auch wieder verschwunden. Man hört nur noch wie sich der riesige

---

[8] Dietrich Güstrow, Tödlicher Alltag. Strafverteidiger im Dritten Reich, Severin und Siedler [1981], S. 140

Schlüssel im Schloss dreht, und der Rechtsanwalt und sein Schützling sind in der überaus kleinen Zelle eingeschlossen.

Der Anwalt nimmt auf einem klapprigen Holzstuhl Platz, den der eine Wachsoldat mitbrachte. Eugen Wasner sitzt derweil auf der Kante seiner ärmlichen Pritsche: nur Stroh und eine stark verfilzte Decke.

Schmutzig weiße Wände, ein Loch am Boden für die Notdurft und eine Holzschüssel, deren Form mehr an einen Schweinetrog denken lässt – gefüllt mit etwas brackigem Wasser – deuten darauf hin, dass hier ein Mensch lebt.

Will man trinken, muss man die Hände zu Schöpfkellen formen – Becher oder Tasse hat man nicht gestattet.

Zwei Meter breit, zwei Meter lang und sechs Meter hoch – das ist schon ein merkwürdiges Maß für einen Raum, in dem, wenn auch nur vorübergehend, ein menschliches Wesen seine letzten Stunden fristet. Das einzig »menschlich wärmende« dieser kalten ungastlichen Behausung ist eine Glühbirne, die hängend an einem langen Draht aus über drei Metern Höhe ihr dürftiges Licht auf den rauen, von Rissen durchzogenen Fußboden wirft. Man hat den Eindruck, als würde das Licht hin und her geworfen, denn Birne und Draht schaukeln immer noch beängstigend.

Eine gespenstische Situation, wenn sich immer wieder Schatten und Licht abwechseln, ganz passend zu der Unwirklichkeit einer Todeszelle.

Die Schaukelbewegung des Lichts wurde hervorgerufen durch das Eintreten und Raustreten von Personen, verbunden mit dem Öffnen und Schließen der Zellentür – mehr so ein Zimmermannsverschlag aus starken Brettern und Bohlen, keine luftdurchlässigen Gitter.

So sitzen sie sich gegenüber, der erfahrene Strafverteidiger und sein Mandant. Für den einen ist alles Routine, wohingegen der andere sich gar nicht an die neue Lebenssituation gewöhnen kann.

„Völlig hilflos in einer mörderischen Vernichtungsmaschine, aus der es auch nicht die kleinste Chance gibt, zu entkommen. Man sitzt darin fest wie gefesselt an Händen, Füßen und Hals mit Ketten, die gekennzeichnet sind durch übergroße Glieder – alles zusätzlich verankert im Beton des Fußbodens. So müssen sich vor 100 Jahren die afrikanischen Sklaven gefühlt haben, als sie über den Ozean in die »Neue Welt« verschleppt wurden", macht sich

Eugen Wasner voller Bitternis nochmals seine persönliche Lage klar.

So sitzen sie sich dicht gegenüber, der Rechtsanwalt und sein Schützling. Obwohl beide nur für Sekunden eigenen Gedanken nachhingen, erscheint ihnen die verflossene Zeit wie eine Ewigkeit.

Der Rechtsanwalt versucht ein Lächeln, welches aber doch irgendwie gequält wirkt, weil nur »aufgesetzt«. Dagegen erscheint der verurteilte Häftling sehr ernst, ein wenig traurig, wobei er seinem Gegenüber in die Augen schaut.

Rechtsanwalt Güstrow holt einen Aktenberg aus seiner schwarzen Ledertasche. Obendrauf liegt ein nur halbseitig beschriebenes Blatt, das er seinem Mandanten reicht. Dem genügt ein kurzer Blick und er gibt das Schriftstück sofort zurück.

Merkwürdig, obwohl der Name »Keitel« dort nicht einmal Schwarz auf Weiß steht, weiß Eugen Wasner, dass der Generalfeldmarschall der Auftraggeber ist.

Dabei spielt es dann gar keine Rolle, dass die Ablehnung von Wasners Gnadengesuch einschließlich Einwendungsschriftsatz des Rechtsanwaltes vom Generalrichter Dr. Sack vom OKW unterschrieben ist. Denn oberster Leiter des OKW ist nicht der weisungsgebundene Generalrichter, sondern Wilhelm Keitel – das weiß Eugen Wasner von seinem Rechtsanwalt.

Nun geschieht für den Strafverteidiger Güstrow etwas ganz Unerwartetes: Während Eugen Wasner seinem Rechtsanwalt besagtes Schreiben ungelesen zurückgibt, geht ein Ruck durch seinen schmächtigen Körper und er setzt sich ganz gerade hin auf die ärmliche Pritsche, wobei man das Stroh rascheln hört.

Eugen Wasner lächelt – lächelt zum ersten Mal und sein Lächeln wirkt nicht einmal gekünstelt. Nein, dieses Lächeln zeugt von plötzlicher innerer Ruhe und Ausgeglichenheit.

Die Botschaft lautet:
„Ich fürchte mich nicht nach dem durchlebten Sturm – nein, mich ergreift innere Zufriedenheit und eine gelassene Erwartungshaltung.

Obwohl ich weiß, dass der erlebte Schrecken vor Gericht wie ein Sturm war, so ahne ich aber, dass sich beim Gang zum Schafott der Sturm noch zum Orkan steigern wird!"

Der verurteilte Häftling beginnt leise, aber deutlich zu sprechen, wobei er seinem Rechtsanwalt mit gelassener Freundlichkeit in die Augen schaut – so ganz vertraut und ohne jede Scheu.

Merkwürdig! Der über fünfzigjährige Mann spricht nun in hervorragendem Hochdeutsch, ganz so, als hätte er den österreichischen Dialekt seiner Leondinger Heimat völlig abgelegt, vielleicht sogar vergessen.

„Herr Rechtsanwalt", beginnt er, und seine freundliche Gesichtsmimik weicht nun doch einem tiefen Ernst.

„Herr Rechtsanwalt", beginnt er erneut, „obwohl ich es niemals sagte, und es auch nicht vermochte, richtig auszudrücken, haben Sie mir sehr geholfen. Sie haben sich uneigennützig mit all Ihrem Wissen und großem Geschick für mich eingesetzt. Sie haben wirklich alles versucht – alles versucht, was in meinem schwierigen und total »verkorksten« Fall möglich war.

Sie, Herr Rechtsanwalt, gaben niemals auf, obwohl es auch für Sie nur der Griff nach dem berühmten Strohhalm war. Sie wussten wohl schon immer, dass der Strohhalm keinen Halt geben konnte. Das Urteil stand doch schon lange fest. Sie setzten sich für mich trotz des übermächtigen Gegners unermüdlich ein, gegen den man nichts, aber auch gar nichts ausrichten konnte.

Geradezu erschrocken war ich, als ich hörte, dass Sie, Herr Rechtsanwalt, sogar versuchten, den Spielkameraden von Adolf Hitler und mir, den Bruno Kneisel, ausfindig zu machen. Dieser hat dem Ziegenbock damals mit einem Stock das Maul aufgesperrt, und er wäre die einzige Person, die meine Geschichte bezeugen könnte. Doch Ihre Suche nach dem Entlastungszeugen ist sicher nicht dem Gericht verborgen geblieben, und am Ende war ich richtig froh, dass Bruno Kneisel nicht mehr auffindbar war. Die Behörde von Leonding bestätigte sogar seinen Tod.

Ein vor Gericht erscheinender Bruno Kneisel hätte mich auf keinen Fall vor der Guillotine retten, aber auf jeden Fall Ihnen, Herr Rechtsanwalt, sehr gefährlich werden können. Ich hatte regelrecht Angst um Sie, Herr Rechtsanwalt, denn auch den SS[9]-Schergen um Himmler dürfte ihre beherzte Suche nach

---

[9] *SS – Schutzstaffel. Von 1925-1945 Sonderorganisation von Adolf Hitler und der NSDAP. Zunächst für den persönlichen Schutz Adolf Hitlers gegründet, war sie ab 1933 das wichtigste Terror- und Unterdrückungsorgan des NS-Regimes.*

Bruno Kneisel nicht verborgen geblieben sein. Herzlichen Dank, Herr Rechtsanwalt Güstrow, dass Sie sogar bereit waren, für meine Sache Ihr Leben einzusetzen."

Und nach kurzem Luftholen – so einer Art kleiner Zwangspause – fährt zum Staunen des Strafverteidigers der Todeskandidat in seinem Vortrag fort und kommt nun zum eigentlichen Thema, wobei er ein wenig schulmeisterlich den rechten Arm hebt und mit ausgestrecktem Zeigefinger nach vorne deutet. Dem Anwalt wird klar, dass jetzt etwas ganz Wichtiges folgt, ganz so, wie eine letzte Willenserklärung:

„Der »Freund«, der damals seine Macht ausnutzte, einer wehrlosen Hausziege ins Maul zu pinkeln, der hat heute die Macht, ganze Völker zu zertreten. Was damals pervers war, ist auch heute pervers, wenn allein zehntausende Deutsche, vielfach verdiente Soldaten, am Galgen hängen oder unter der Guillotine enden.

Sehr ehrenhafte Landsleute müssen einen nicht ehrenvollen Tod erleiden, nur weil sie nicht mehr an den Endsieg glauben oder aus Hunger ein Huhn oder eine Tafel Schokolade entwendeten.

Sehen Sie, Herr Rechtsanwalt, der, der den **Schulfreund** mordet, der mordet auch die **Schwester**, die **Geliebte**, das **Kind** und auch sein **Volk**!"

Eugen Wasner formt die Hände zu einer Kelle, trinkt ein wenig brackiges Wasser aus der am Boden stehenden Wanne, die so aussieht wie ein Schweinetrog und fährt fort in seinem Vortrag:

„Jemand, der so etwas tut, muss auch einen gehörigen Hass auf sich selbst haben!

Hat möglicherweise ein einfaches Haustier – ein Ziegenbock – die Schuld?

Der Führer eines stolzen Volkes wie dem der Deutschen muss natürlich ohne Makel sein. So, wie die ganze arische Rasse, deren Vorfahren einst vom Himalaja herunterkamen – wie Göbbels und Himmler herauszufinden glaubten – so passt natürlich ein verstümmelter Führer dieses stolzen Volkes so gar nicht in die Lehre vom »perfekten Arier«!

Der **»perfekte Führer«** eines **»perfekten Volkes«** mit nur einem halben Penis – die andere Hälfte im Magen eines Ziegenbockes, abgetrennt bei einem zutiefst perversen Spiel!", und Eugen Wasner hebt wiederum, wie schon zuvor, den Zeigefinger und fährt fort, ganz so wie ein Schulmeister.

„So wie sich einst der geschundene Ziegenbock an dem Wüstling Adolf Hitler rächte, so wird sich das geschundene Deutsche Volk auch eines Tages rächen und dem »Adi« für seine perversen Taten auch die andere Hälfte von seinem »Zippedäus« abbeißen – warten Sie, Herr Rechtsanwalt, Sie werden es noch erleben; es dauert nur noch Monate und das »1000jährige Reich« gibt es nicht mehr!"

Nach einer weiteren kurzen Pause fährt der verurteilte Gefreite fort und Rechtsanwalt Güstrow ist ob des weitsichtigen Inhalts des Vorgetragenen total überrascht – ja geradezu erstaunt darüber – zu welchen Gedankengängen der doch sonst etwas umständlich argumentierende niedere Soldat nunmehr fähig ist. Er ist imstande, sofort auf das Wesentliche zuzusteuern, seine Gedanken präzise zu ordnen, ohne langatmig zu lamentieren.

„So ist es leider, Herr Wasner, dem, was Sie sagen, kann ich eigentlich nichts hinzufügen, in allem , was Sie vortrugen, haben Sie völlig Recht!", meldet sich mit belegter Stimme der Anwalt zu Wort, und er wirkt überaus hilflos, weil er trotz all seines Könnens und seiner Raffinesse nicht helfen konnte, weil er auch den Worten des Totgeweihten nichts entgegenzusetzen weiß.

Nach einer erneuten kurzen Pause fährt der zum Tode verurteilte ehemalige Landser mit leiser Stimme fort – den Rechtsanwalt jetzt nicht anschauend.

Die Hände hat er nun auf seinen Schoß gelegt und mit einem Blick auf den grauen, feindlichen Fußboden aus Beton spricht er murmelnd, mehr in sich gekehrt, wie in einem Selbstgespräch. Trotzdem fühlt sich der Rechtsanwalt auch in dieser Phase direkt angesprochen.

Auffallend ist allerdings, dass Eugen Wasner die Mundart wechselt – er spricht nicht mehr hochdeutsch, sondern fällt ganz plötzlich in den Heimatdialekt von Vater und Mutter zurück:

„Wie das Schicksal so spielt, Herr Rechtsanwalt, der Ziegenbock wurde 1898 auf der Leondinger Wies'n von Gott gesandt. Nur der Herrgott konnte es fertigbringen, unter Millionen von »Zippedäussen« den richtigen auszuwählen! Er strafte den einzig infrage kommenden Menschen mit schlimmen Folgen:

-   schwere körperliche Schmach
-   Auslöser für Komplexe ein Leben lang.

Damit wird aus dem »perfekten Arier« ein »perfekter Krüppel«.

Der Ziegenbock von Leonding handelte weise:
Bereits ein Neunjähriger sollte lernen, was es mit der Vorsehung auf sich hat!

Ich, Eugen Wasner, als gottgläubiger Christ, bedanke mich bei meinem Schöpfer für die Sendung jenes klugen Tieres! Alles geschah, wie bereits seit Urzeiten vorbestimmt – möglicherweise auch nachzulesen bei dem großen »Seher« Nostradamus.

Wie in weiser Voraussicht vorgeplant, trat als übergeordnete Kraft die Vorsehung in Aktion – und die Vorsehung erwählte die einzige für diese körperliche Verstümmelung infrage kommende Person – die Person »Hitler« – die schon als Kind böse war, und die als Erwachsener das »Böse« noch steigerte bis das »Böse« nur noch als »teuflisch« zu bezeichnen war und es danach keine Steigerung mehr gab!"

Und der zum Tode Verurteilte lächelt wieder, strahlt seinen Rechtsanwalt förmlich an, ganz so wie ein kleines Kind, das stolz darauf ist, wieder ein neues Wort gelernt zu haben.

Er legt sich auf die Pritsche, streckt die Beine aus, während das Stroh erneut raschelt, dreht dem Rechtsanwalt nicht einmal den Rücken zu, schließt die Augen und beginnt augenblicklich zu schnarchen!

Der kleine Gefreite Eugen Wasner schläft zum ersten Mal nach über 100 Tagen. Es ist der Schlaf eines Menschen, der zum Ende seines Lebens überaus zufrieden und mit sich selbst im Reinen ist – tief, fest und erholsam! Es bedarf nicht einmal eines Traumes, denn der Schlaf ist traumlos tief, als wäre der Schläfer nach Ablegen einer übergroßen Last befreit von allem irdischen Hader!

Der erholsame Schlaf spiegelt sich in seinen völlig entspannten Gesichtszügen wieder:

„Das Herz des kleinen Landsers vom mittleren Abschnitt der Ostfront ist frei!"

Rechtsanwalt Güstrow ist sprachlos! Aber nach einigen Augenblicken trifft auch ihn so etwas wie ein Seelenfrieden. Der Glaube des Eugen Wasner an eine bessere Zukunft ist auf ihn übergesprungen, hat auch ihn erfasst.

Rechtsanwalt Dietrich Güstrow schaut auf das lächelnde Gesicht des schnarchenden Todeskandidaten. So etwas hat er noch niemals erlebt.

„Eine ganz ungewöhnliche Situation, in der ich mich befinde", denkt er – und lächelt ebenfalls!

Auch die beiden Wachsoldaten, die soeben eintreten, sehen sich ungläubig an, ob der unwirklichen Situation in der menschenverachtenden Gefängniszelle.

Noch niemals begegneten sie einem Rechtsanwalt, der den Todeskandidaten mit einem Lächeln verlassen wird. Vor lauter Überraschung greifen beide an die Maschinenpistolen, die vor ihrer Brust hängen.

„Oh Schreck, auch der Todeskandidat lächelt – und dabei schnarcht er auch noch so entsetzlich laut – eine Frechheit!"

Beide setzen schon zu einem Befehlsschrei an, um Wasner zu wecken, doch sie halten inne, weil der Rechtsanwalt eine beschwichtigende Handbewegung macht.

„Lasst ihn doch schlafen!", fordert die Hand.

„Welch ein Mann ist das, dieser kleine Gefreite Eugen Wasner", denkt der erfahrene Strafverteidiger und lächelt weiterhin zufrieden.

„Obwohl ich der Verlierer bin, weil ich es nicht vermochte, meinen Schutzbefohlenen zu retten, so weiß ich jetzt, dass ich einen Gewinner verteidigte.

Dieser kleine Gefreite ist eigentlich ein »ganz Großer«:
- Gottgläubig und unbeugsam ließ er sich auf keinen Handel mit der Schreckensjustiz des 3. Reiches ein.
- Er blieb bei der Wahrheit seiner Geschichte und wählt dafür den Tod – ein ungewöhnlich hoher Preis für eine kleine Kindergeschichte von drei Neunjährigen!"

Der Strafverteidiger aus einer Zeit, die man Nationalsozialismus nennt, setzt sich in Bewegung und verlässt die Gefängniszelle. Sein Schritt ist fest und klingt dumpf wider in dem so ungastlichen Gemäuer.

Das »Warum« der Kriege –
Sichtweise des viele Millionen Jahre alten Volkes der »Toraner« auf einer fernen »Erde«

….. „Mir, Immo, dem Jungen auf dem so unendlich weit vom Geschehen entfernten Planeten »Tora«, brennt jetzt eine Frage direkt auf den Fingern:

›Sag, Vater, lernen die Menschen denn niemals aus ihrer Geschichte? Weshalb begann Hitler denn 1939 jenen unseligen Krieg, den sie 2. Weltkrieg nennen? Es gab doch bereits viele Beispiele wie »Karl der Große«, »Otto der Große«, »Friedrich der Große« – sie, alle versehen mit dem ehrenvollen Zunamen »Der Große«, machten doch auch Kriege, ohne dass das eigene Volk jemals dadurch glücklicher wurde.‹

Mein Vater, der immer noch auf den Plasmaschirm mit den Bildern von der Menschenerde starrt, ist ganz nachdenklich geworden bei meiner Frage, und er antwortet nach kurzem Überlegen:

›Die Frage wird nicht sein, weshalb denn Hitler nicht aus den nutzlosen Kriegen der »Großen« lernte, sondern die Frage lautet: Werden die Menschen jemals aus der Geschichte lernen, ihre Zukunft besser zu meistern? Noch ist nichts davon zu erkennen.

-   So haben die Deutschen noch nicht einmal richtig begonnen, die unseligen Umstände des 2. Weltkrieges aufzuarbeiten, in den sie »Hitler« schreiend hineintorkelten.

-   Das von Hitler persönlich geschriebene Buch »Mein Kampf« ist verboten.

-   An den Schulen gibt es nicht einmal überall Lehrpläne, die den Lehrern vorgeben, welche Inhalte und Themen aus der Zeit 1919-1945 zu vermitteln sind.‹

›Sag, Vater, wenn ich Dich richtig verstehe, drängt sich der Vergleich mit einem Boxer auf. Wie soll ein Boxer gegenüber seinem Gegner bestehen, wenn er nicht die Möglichkeit hat, Schlagtechniken und Kämpfe seines Gegners vor dem Aufeinandertreffen mit diesem zu studieren?‹

›Ganz richtig, mein Sohn, man kann sich gegen zukünftige Gegner, Demagogen und »Hitlers« nur schützen, wenn das Gewesene ohne jedes Tabu aufgegriffen, durch Analyse geklärt und die richtigen Konsequenzen daraus für die Zukunft gezogen werden.

Alles, aber auch alles, was war, gehört auf den Prüfstand, um es dann lückenlos auszudiskutieren. Nur so hat man eine Chance, zukünftige »Verführer« wie Adolf Hitler zu erkennen, noch ehe sie groß und mächtig sind.

Nur wer seine Vergangenheit kennt und richtig deutet, der ist dann auch im Stande, aus dem Gelernten seine Zukunft zu gestalten!

Kurz zusammengefasst mag Dir dies, mein Sohn, eine kleine Hilfe sein:

- Gehe in die Vergangenheit und suche die Gründe und Ursachen für all jenes, was damals geschehen ist.

  Nur, wenn Du die Ursache für etwas kennst, wirst Du mit Hilfe dieser Kenntnisse zu weiteren Erkenntnissen kommen.

Denn: neue Erkenntnisse führen zu notwendigen neuen Einsichten und Überzeugungen!

Damit bist Du instand gesetzt, jeder Gefahr zu trotzen. Du kannst nun Dein Leben und das Leben anderer schützen, denn Du gehörst nicht mehr zu den Dummen und Unwissenden!

Also, mein Sohn, man könnte auch vereinfacht sagen:
Keine Angst vor dem »Gestern« – die Fehler von damals nicht wiederholen, nachdem man die richtigen Lehren gezogen hat – dann funktioniert auch das »Zukünftige«. Man ist klüger geworden und schafft ein »Bollwerk gegen das Böse«!‹ …..

Guillotine und Todesengel warten schon – Der Gefreite Wasner sieht die Fratze Hitlers zwischen Traum und Wirklichkeit

»Tsch….plop….« – ein merkwürdiges Doppelgeräusch – nicht einmal laut, mehr so ein kurzes Zischen – Schaben mit dem dumpfen abschließenden »plop«!

Die Klinge der Guillotine saust herunter – trifft den Hals von Eugen Wasner! Der abgetrennte Kopf fällt mit dem »plop« in das einen Meter hohe runde Holzfass, das an ein abgesägtes Weinfass erinnert.

Das ganze Gerüst der Tötungsmaschine zittert noch ein wenig nach, denn das schwere, blanke, rasiermesserscharfe Fallbeil passt so gar nicht zur instabil wirkenden Holzkonstruktion. Das Fallbeil ist an der Klinge gebogen wie ein arabisches Krummschwert – und es glänzt im fahlen Licht des spärlich beleuchteten Innenhofes des Berliner Gefängnisses »Plötzensee«. Gehärteter Kruppstahl – eine bessere Klinge gibt es wohl »weltweit« nicht. Da sieht man mal wieder, was deutsche Wertarbeit ist.

Der Scharfrichter und sein Helfer treten heran und schauen neugierig von oben in das halbe Fass – ganz so, als wäre dies der erste abgetrennte Kopf in ihrer Henkerkarriere.

„Nr. 2725, Karl Heinz, wieder saubere Arbeit – und sieh mal, wie der gefallen ist – schön mit dem Gesicht nach oben!"

„Wie immer, Erich, wir beide sind schon ein gutes Team – schnell und schmerzlos – viel besser als das umständliche Aufhängen!"

„Und immer tödlich – präzise – jedes Mal an der gleichen Stelle."

Beide Henkerspersonen tragen merkwürdig aussehende Masken, weil sie es trotz aller Grausamkeit ihres ungewöhnlichen Amtes nicht fertigbringen, den Todeskandidaten von »Mann zu Mann« frei in die Augen zu schauen. Hinzu kommt, dass sie sich auch offenbar schämen für ihre Tätigkeit – eine berufliche Beschäftigung, die so gar nicht bei allen anderen Menschen Anerkennung findet. Selbst bei ihren Vorgesetzten sind diese beiden Vollstrecker nicht besonders beliebt und das Eiserne Kreuz, das sie so gerne hätten, werden sie wohl auch nicht bei der Nr. 3000 erhalten.

Seinen Kindern gegenüber rechtfertigt und erklärt der Scharfrichter mit ewig gleichem Tenor seine Arbeit mit folgenden Worten:

„Euer Vater und sein Freund Erich müssen jeden Morgen eine sehr gefährliche Arbeit machen – für Vaterland und »Führer«. Bald erhalten wir beide wohl das »Eiserne Kreuz«, denn es geht jedes Mal um Leben und Tod!"

„ … Merkwürdig, ich, Eugen Wasner, sehe die vier Augen meiner Henker – jetzt ganz deutlich – sogar die Pupillen, weil sich beide dicht über das Fass gebeugt haben und nur noch 60 Zentimeter von meinem Kopf entfernt sind."

„Dieser war irgendwie anders als die anderen", beginnt der Scharfrichter

„der legte sich geradezu freudig unter das »Ding« – sieh mal Erich, wie der uns anguckt – gerade so, als würde er noch leben – schau seine Augen, sein Blick ist ganz klar!"

„Na, na, Karl Heinz, mach mir nicht Angst! Nachher sagst Du noch, der Kerl versteht alles, was wir sagen – obwohl er doch »mausetot« ist!"

„Stimmt schon, Erich, ich kann Dich verstehen, wenn man das so sieht – diese gespenstische Atmosphäre – Guillotine, sechs Wachsoldaten, dieser grimmig dreinschauende Oberkriegs-gerichtsrat als Anklagevertreter und der Herr Pastor – und das alles um 04.30 Uhr morgens an einem regnerischen Novembertag des Jahres 1943 – dann sind Deine Fantasien nicht so sehr weit hergeholt. Und dann noch die beiden von der SS, die alles haarklein protokollieren – so was hatten wir noch nie – der Führer will wohl in diesem Falle alles ganz genau wissen. Werd mir nur nicht melancholisch, Erich, alles nur Routine – eben Nr. 2725!"

„Da! Sieh mal!", fährt der Scharfrichter entgeistert fort und ist geradezu außer sich – ganz so, als habe er soeben etwas sehr Wichtiges entdeckt, und es bricht plötzlich aus ihm heraus:

„Da! – Sieh! – Eine dicke Träne in seinem linken Auge!"

„Ach was, das ist der Regen."

„Quatsch, das gesamte Tötungsgerät steht unter einem Dach auf acht Meter hohen Stelzen, schau nach oben! Da! – Sieh! – Aus dem rechten Auge kommt auch eine Träne! Sieh mal, wie die langsam größer wird – ganz deutlich!"

„Tatsächlich Karl –", und Erich lässt vor lauter Schreck den Zusatz Heinz des Doppelnamens weg,

„jetzt sehe ich es auch. Du hast recht! Donnerwetter, das ist ja ein »Ding«! Der Kerl weint und das ohne Körper!"

Der Scharfrichter will es nun ganz genau wissen, denn er hat aus seinem Umhang eine Brille hervorgezogen, die er über die Schlitze seiner Maske zieht. Nach einem kurzen weiteren Blick wendet er sich voller Schrecken ab und ruft, wobei die Stimme wie erstickt klingt und deshalb auch nur in allernächster Nähe zu hören ist:

„Herr Pastor, Herr Pastor – kommen Sie! – Sehen Sie, der Tote weint! – Der Kopf weint!"

Der Gefängnispfarrer tritt hinzu, holt die Hände aus den Taschen seines Umhangs und beugt sich über das Fass, wobei er sich auf den Kanten abstützt. Er holt eine kleine viereckige Taschenlampe hervor und leuchtet in die offenen blauen Augen des Hingerichteten.

„Seht, meine Herren, der Eugen Wasner ist schon beim Herrgott – hier der abgetrennte Kopf und dort rechts der Körper. Der Mann ist »mausetot« und sein Geist bereits beim Schöpfer. Aber in der Tat, meine Herren, das Gesicht wirkt, als lebe der Tote noch. Auch ein zufriedenes Lächeln ist zu erkennen, obwohl bereits unübersehbar die Blässe des Todes auf seinem Antlitz liegt."

„ … Und hier irrt der Herr Pfarrer, denn ich, Eugen Wasner, bin offenbar noch nicht tot. Ich sehe alle drei Personen ganz klar – und ich höre sie!"

Nun erheben sich die Drei, denn der Unteroffizier des Wachkommandos mahnt zur Eile, und fünf Mann eines Reinigungstrupps kommen im Laufschritt.

Drei weitere Delinquenten warten, damit Henker und Gehilfe ihr blutiges Handwerk erneut vollziehen können. Auch das Armesünderglöckchen läutet schon wieder, es ruft den Nächsten!

„ … Und bei mir, dem »**bereits toten Gefreiten Wasner**« und »**dem noch nicht toten Gefreiten Wasner**« läuft eine ganz merkwürdige Geschichte ab: Der Betrachter der gesamten Szene könnte sehr erstaunt sein, dass ein vom Körper abgetrennter Kopf noch imstande ist, zu denken, zu sehen, zu hören und sogar zu weinen!

Wie in einem Film läuft jetzt noch einmal mein Leben an mir vorüber: Vater, Mutter, die Familie – ich fühle mich meiner Mutter

40

so nahe, derart real, als wäre ich noch in ihrem Leib – aufs Innigste mit ihr verbunden, beschützt, sicher – mir kann nichts passieren – die Mutter bewacht mich – und ich, Eugen Wasner, fühle mich geborgen auf dieser Erde!

Nun erscheinen die Bilder meiner Kindheit: Das ländliche Leonding, wir sprechen unseren herrlichen Dialekt und sind alle wie eine große Familie – die Dorfschule, der Lehrer, die Klassenkameraden.

Alles war so harmonisch bis zu jenem Tage, an dem der »Adi« auftauchte.

Seine Familie war nach Leonding gezogen, und der Vater vom »Adi« hatte sein neues Amt an der Grenze zwischen Österreich und Deutschland als Zolloffizial angetreten.

Ja, der »Adi«, ich sehe ihn ganz deutlich: klein, blass, schwarze Haare – aber mit stechendem Blick!

Und der »Adi« sorgte sofort für Wind im Spiel der Jungen. Er wollte schon von Beginn an der Anführer sein, wenn wir Räuber und Gendarm oder Indianer spielten. »Adi« führte und wir anderen zehn rannten immer hinterher.

›Das muss so sein! Einer muss immer der »Führer« sein und die anderen folgen!‹, und das fanden wir ganz in Ordnung, denn wie sollte man auch einen Kampf gegen die wilden, mordlüsternen Indianer gewinnen, wenn nicht einer da war, der alle unsere Kräfte bündelte und dann die Zehnmanntruppe konzentriert losschlagen ließ.

Und wir alle waren begeistert von »Adi«, denn er führte uns gut – egal ob es gegen die grausamen Mongolen, die listigen Indianer oder die verschlagenen Räuber ging.

›Alle Menschen brauchen einen »Führer«. Dem kann man dann vertrauensvoll folgen. So, wie der Leithengst die Herde mit Geschick um alle Gefahren herumführt, genau so macht es bei den Menschen ihr »Führer«!‹, das sagte schon damals der neunjährige »Adi«.

Natürlich folgten wir unserem »General« völlig widerspruchslos. Kluges Mitreden oder gar Kritik – das mochte der »Adi« gar nicht. Alle Entscheidungen mussten ohne jede Diskussion, wie von Gott gegeben hingenommen werden. Wenn auch nur einer aus unserer Truppe etwas zu hinterfragen wagte, dann schimpfte der »Adi« –

und wenn er dann im Gesicht purpurrot wurde und vor Wut schäumte, dann hatten wir alle Angst vor ihm!

Vieles Nachdenken unsererseits war also gar nicht erforderlich und deshalb folgten wir dem »Adi« alsbald willenlos – voller Vertrauen.

So ging es dann von Sieg zu Sieg. Selbst die verschlagenen Hunnen unter König Etzel erzitterten vor dem genialen Feldherrn »Adi« und mussten zurückweichen in ihre angestammte Heimat im Osten.

Wir elf auf unseren Steckenpferdchen, mit selbst gebastelten hölzernen Schwertern, Pfeil und Bogen, ließen das Reiterheer mit ihren 100.000 »Puszta Kleppern« erzittern. Dank unseres genialen Kriegsherrn »Adi« gab es keine Gegner unter Gottes Himmel, die wir zu fürchten hatten. Solche Spiele machten richtig Spaß und keiner dachte mehr an Schule und Hausaufgaben. Das war wie eine Droge, mit einem unbändigen Hunger auf mehr!

Besondere Bedeutung kam immer wieder unserem Meldereiter zu, der »Adis« Befehle von Heeresgruppe A nach B zu überbringen hatte. Wie ein Meldereiter unbehelligt durch Feindesland kommt, zeigte »Adi« immer wieder uns, seinen Kameraden. Er führte es wiederholt vor.

›Der Meldereiter‹, pflegte er zu sagen,

›ist eigentlich der wichtigste Soldat, gleich nach dem Feldherrn. Denn, falls der Meldereiter versagt, kommt der Befehl der Heeresführung nicht dort an, wo er hingehört. Chaos ist die Folge! Die Schlacht ist verloren!

Es zählen nur Siege!‹, belehrte »Adi« uns immer wieder.

Und wir zehn waren ganz trunken von dem, was uns der »Adi« da täglich eintrichterte – denn was gibt es schöneres als den Erfolg! »Adis« Wort war für uns wie ein Gesetz, und bald waren auch wir fest davon überzeugt, dass nur Disziplin und Gehorsam der Erfolg jedes Kriegers ist.

Da war aber der »Dicke Erwin«, der allein wegen seiner Körpermasse vorher unser Anführer war. »Adi« machte uns und auch Erwin jedoch klar, dass Dicke und Kraft keine Voraussetzungen für eine Führernatur sind, sondern nur der Verstand gepaart mit eisernem Willen.

Doch der »Dicke Erwin« verstand wohl die »Neue Zeit« nicht so richtig. Sein bisschen Hirn war offenbar nicht mit dem kugelrunden Schweinskopf, wie »Adi« es nannte, so richtig mitgewachsen.

Der »Dicke Erwin« stänkerte, wo er nur konnte, und versuchte von uns elf, die wir ja ursprünglich waren, einige Kämpfer abzuspalten und »Adi« sagte:

›Erwin, Du bist mein Freund und der beste Kämpfer der Truppe. Doch Du musst lernen, Befehle auszuführen – und ich bin der »Führer«. Sonst schwächst Du unser »Heer«. Wir müssen zusammenhalten bis zum Tod!‹

Und wir riefen:

›Hoch lebe unser »Führer«!‹

So kam es dann, wie es kommen musste: Der »Dicke Erwin« stänkerte weiter, und sein kleines Hirn in dem übergroßen Kopf hatte wohl nicht die freundliche Warnung verstanden.

So rannte dann der »Dicke Erwin« eines Tages laut schreiend zu Vater und Mutter, grün und blau geschlagen vom »Rollkommando« des »Adi«.

Glücklicherweise war Heuernte, und der Vater des Erwin war ein »vierschrötiger« Bauer mit eckigem Kopf, der aber erstaunlicherweise gleich den richtigen Ton fand:

›Da, Erwin! Da hast Du eine Heugabel, und da, Erwin‹,

und der Bauer zeigte mit seinen abgearbeiteten Händen auf das Heu und wiederholte:

›da Erwin, das Heu da, das sind Deine bösen Indianer – und nun »kämpfe«!‹

Die Mutter des »Dicken Erwin« hatte alles gehört, kam hinzu, und die junge dralle Frau lächelte und war gar nicht böse auf die Kumpane ihres Sohnes.

›Komm, Erwin, iss eine gute Stulle‹, und sie reichte ihm ein Wurstbrot.

Der »Dicke Erwin« aß, trank eine Limonade – spuckte in die Hände – und machte voller Energie das Heu!

Danach waren wir nicht mehr elf, sondern nur noch zehn, aber der Querulant war weg – wie tot – für immer!“

… Und die Gedanken fliegen in Sekundenbruchteilen förmlich durch sein Hirn – durch das Hirn im abgeschlagenen Kopf des Eugen Wasner – dem Kopf des Gefreiten der deutschen Wehrmacht – dem Kopf, der nun in einem runden Fass unter der Guillotine liegt, und dessen blaue Augen starr nach oben blicken!

Und das Hirn des Kopfes ist immer noch fähig, Gedanken zu ordnen und diese Gedanken zu einer Geschichte aus längst vergangenen Tagen zusammenzufassen:

„Ganz deutlich sehe ich noch den ersten Tag der großen Sommerferien. Absprachegemäß trafen wir uns am kleinen Wäldchen – und unsere Truppe war überpünktlich da, mit Panzerhemden, Schwertern und anderen Waffen.

Wir neun waren insgeheim gespannt, was »Adi« für die Ferien geplant hatte. Wir wussten, dass er das schlechteste Zeugnis von uns hatte. Sein Vater, der Zolloffizial, hatte wiederum kräftig zugelangt – nur die Mutter konnte ihren »Adi« vor einem blutigen Hintern bewahren. Furchtlos stürzte sich die junge Frau zwischen ihren rabiaten Ehemann und den neunjährigen Sohn. Zwei Schläge mit dem Rohrstock fing sie beherzt mit dem eigenen Körper ab.

Jetzt kam auch der »Adi«, bewaffnet mit Speer, Rundschild und Lederhelm. Die dünnen Beine bekleistert mit Pflastern und Verband – der »Alte« hatte wieder Mal kräftig zugeschlagen, und der »Adi« tat uns richtig leid, als er so gar nicht wie eine Führerperson herankam – das rechte Bein ein wenig nachschleppend.

Dem »Adi« war klar, dass sein Ansehen durch die mächtige Prügel gelitten hatte, denn seine Schmerzensschreie und die Wutschreie des Offizials waren meilenweit zu hören. Der »Adi« schämte sich auch – nicht wegen des schlechten Zeugnisses – nein, wegen seiner Hilflosigkeit gegenüber dem brutalen Vater. Erst die Schreie der mutigen Mutter machten dieser fürchterlichen Szene ein Ende – wahrlich, wahrlich:

Die neue Heldin des Dorfes hieß Clara Hitler!

›Kommt's, Kinder‹, begann der »Adi« sofort, und wir neun lauschten dem, was da noch kommen sollte. Und der »Adi« überraschte uns alle mit seiner Idee. Es musste schon was »Dolles« sein, damit »Adi« seine durch den Vater erschütterte Führerposition wieder festigte und von der menschenunwürdigen Bestrafung, bei der er ja eindeutig der Verlierer war, ablenken konnte.

›Hört's, Männer, wir wollen die Ferien beginnen mit einem richtigen Paukenschlag!‹, und wir neun lauschten ganz gespannt, was der »Adi« sich da ausgedacht hatte.

›Männer‹, fing er wieder an, nachdem wir uns alle im Kreis hingesetzt hatten. »Adi« saß dabei etwas erhöht auf einem Baumstumpf. Unsere Waffen hatten wir fein säuberlich vor uns hingelegt, so wie »Adi« es stets von uns verlangte.

Ich, Eugen Wasner, saß rechts und Bruno Kneisel links vom »Adi« – wir waren Unterhäuptlinge. So vollzogen wir unseren Ferienbeginn auf der Lichtung im Moos unter den ehrwürdigen Tannen. Wir nannten diesen kleinen Hügel unser »Beratungsthing« – doch die Beratung gestaltete sich wie immer: »Adi« dozierte!

›Männer, Soldaten, meine Kämpfer‹, begann er wieder, und die Spannung wuchs. Was hat der »Adi« nur wieder vor? Und wir wurden ganz rot vor lauter Ungewissheit, die uns plagte.

›Männer, Soldaten, meine unerschrockenen Kämpfer – liebe Freunde.‹

›Na, das kann ja heiter werden‹, dachte ich,

›der will was von uns, nicht umsonst nennt der »Adi« uns »liebe Freunde« ‹.

Nun folgte eine Pause – eine lange Pause – und der »Adi« wusste, dass dadurch Spannung beim Zuhörer entsteht, so dass ungestillte Neugier und Ungeduld fasst mit Schmerzen fühlbar sind.

… Und plötzlich sehe ich, Eugen Wasner, die kommenden Geschehnisse übergroß – gar nicht wie eine Geschichte aus längst vergangenen Tagen. Die bereits 46 Jahre alte Handlung ergreift mich derart real, als geschähe alles in diesem Augenblick, nicht damals– und ich, der kleine Eugen bin dabei – bin eine Hauptperson:

›Freunde, eine Mutprobe soll es sein, mit der wir die Ferien ehrenvoll als Kämpfer beginnen‹, lässt der »Adi« die Katze teilweise aus dem Sack.

Wir neun sitzen mit offenen Mündern, »hängen unserem Wortführer förmlich an den Lippen« – uns stockt fast der Atem.

**›Männer, wer wagt es,
einem Ziegenbock ins Maul zu pinkeln?‹**

Wir neun lachen ein wenig – mehr gekünstelt und aus Verlegenheit – weil der Überraschungseffekt derart groß ist, dass wir gar nicht wissen, was wir auch sonst tun oder sagen sollten.

Die Spannung steigt nochmals. Keiner von uns ist einer Bewegung fähig – jeder verharrt sitzend, regungslos mit offenem Mund.

›Wer wagt's, Männer?‹ wiederholt »Adi«, und wir alle greifen uns unbewusst an unseren »Zippedäus«, zum Schutz gegen die messerscharfen Zähne des Ziegenbocks. Blut fließt gedanklich schon in Strömen. Uns allen läuft es eiskalt über den Rücken. Mit Grauen denken wir an das furchtbare Maul des »Monsters«.

›Aber »Adi«‹, meldet sich der Unterführer Bruno Kneisel zu Wort, und wir anderen sind gar nicht sicher, ob beim »Adi« ein Wutanfall ausgelöst wird, denn das »aber Adi« ist schon so etwas wie ein Einwand gegen die Idee der Mutprobe.

Doch zu unser aller Überraschung ist der »Adi« ganz zahm – brüllt gar nicht los, sondern übernimmt das Wort überaus freundschaftlich und richtig brüderlich umgänglich:

›Ich mache das, wenn Ihr Euch nicht traut!‹, sagt er, und wir blicken auf ihn voller Ehrfurcht mit übergroßen Augen.

›Das ist ein »Führer«! ‹, denken wir und himmeln unseren »Adi« regelrecht an.

›Er ist mutig, so ganz anders als wir Furchtsamen aus den »unteren Chargen«!‹

›Aber Adi‹, wagt es noch einmal der Unterführer Bruno Kneisel,

›Deine Ideen sind ja immer toll, aber hier gehst Du nun zu weit. Bisher haben wir meist Geschichten von Karl May und so gespielt, das war stets spaßig. Da ging es ja nicht ans richtig Eingemachte – aber jetzt wird es knallhart – das kannst Du doch nicht im Ernst meinen, dass wir dem Vieh ins Maul pinkeln. Das ist ja der reine Horror, da habe ich ehrlich gesagt richtig Angst - auch um Dich.‹

Wir brauchen alle eine Pause, nicht nur Bruno Kneisel nach seiner langen Rede. Wir schöpfen schon ein wenig Hoffnung, dass der »Adi« von seinem wahnwitzigen Plan ablässt. Auch er hält die Pause ein, wobei er ganz in sich gekehrt zu sein scheint und versonnen vor sich auf seine Waffen starrt. Doch ganz unverhofft, ohne jede Ankündigung, springt er auf, zeigt mit Arm und Zeigefinger aus dem »Thing« heraus, offenbar in die Richtung, in der er den Ziegenbock vermutet und ruft mit seiner hellen Kinderstimme:

›Ich mache das! Ich pinkel dem Vieh in das riesige Maul! Und ich wette: Ihr gebt mir jeder eine Tafel Schokolade, wenn ich es mache, und ich gebe jedem von Euch zwei Tafeln Schokolade, wenn ich es nicht mache. Schlagt ein und die Wette gilt, und ich muss für 18 Tafeln Schokolade ein Jahr sparen, falls mich der Mut verlässt!‹

Wir neun sehen uns an. Wir wissen aus Erfahrung, der »Adi« duldet jetzt keinen Widerspruch mehr – er hat bereits entschieden! Und weil wir es gar nicht erst versuchen, den »Adi« umzustimmen, kommt es aus neun Mündern wie mit einer einzigen Stimme:

›Die Wette gilt!‹

›Kommt's, gehen wir auf die Wies'n, dort ist ein Ziegenbock!‹, fordert uns unser »Führer« auf, und wir neun zockeln hinterher.

UND DA IST ER!

Weiß, riesengroß mit gewaltigen Hörnern greift er das Gras mit seinem übergroßen Maul, reißt die Halme mit den unteren vorderen Zähnen ab und zerkaut das saftige Gras mit seinen Mahlzähnen, die weiter hinten im Maul sitzen.

Während wir neun noch unschlüssig am Wiesenzaun stehen, schlüpft der »Adi« schon durch die mittleren beiden Drähte. Derweil blickt der Ziegenbock zu uns hinüber und zermahlt weiterhin genüsslich das grüne Gras.

›Irgendwie sind die Augen des Bockes tiefrot und das ganze Gesicht wirkt gefährlich. Ein gar listiger verschlagener »Geselle«, dieser Bock‹, denke ich noch, während der »Adi« bereits bei dem übergroßen Tier ist. Er hält ihm grüne Blätter vors Maul, die der Bock offenbar gerne annimmt – mit den unteren Schneidezähnen reißt, um sie dann anschließend zu kauen.

›Wenn der wüsste, was der »Adi« vorhat!‹, schießt es mir durch den Kopf.

›Würde dann der Bock immer noch so seelenruhig dastehen und dem »Adi« aus der Hand fressen? Ganz vertraut miteinander wirken sie – der Mensch und auch das Tier!‹

›Kommt's, ihr Helden‹, ruft der »Adi« voller Ungeduld. Und auch wir geben dem – auf uns so bedrohlich wirkenden Wesen – zu essen. Löwenzahn haben wir abgerupft, und der Bock schmatzt regelrecht und freut sich offenbar insgeheim über das schmackhafte unverhoffte Mahl.

Dann geht alles ganz schnell:

- Ich halte den Bock am Hinterteil mit meinen kräftigen Armen., seine Oberschenkel eingeklemmt zwischen meinen Beinen.
- Bruno Kneisel reißt dem Bock das Maul auf und stößt einen Stock zwischen Unter- und Oberkiefer.

    Der Bock steht hilflos da mit aufgerissenem Maul. Der Stock spannt wohl fürchterlich.

- Der Bock grunzt etwas, sicher vor Schmerzen, weil sich der Stock oben und unten in seinen empfindlichen Rachen bohrt.

Doch der Bock bewegt sich nicht, ist zu überrascht durch die plötzliche Aktion von Bruno Kneisel und mir - alles geht so schnell, dass für uns beide nicht einmal Zeit bleibt, Angst zu haben.

- Der »Adi« lässt die Hose fallen, das Hemd zieht er hoch und hält es mit den Zähnen fest.
- Den Rücken gekrümmt, den Bauch vorgeschoben platziert er den »Zippedäus« unmittelbar an die Lippen des Bockes und beginnt zu pinkeln.
- Der »Adi« pinkelt und dem Bock läuft der Urin aus dem Maul.

›Seht's‹, sagt der Adi,

›es ist ganz einfach‹, schiebt den Unterkörper weiter vor und legt den »Zippedäus« auf die Unterlippe des Bockes. Um seinen Mut noch stärker auskosten zu können, hebt der »Adi« die Arme und pinkelt freihändig.

DA PASSIERT ES!

- Der Bock schnappt zu!
- Die unteren messerscharfen Schneidezähne graben sich in »Adis« »Zipfelmann« und drücken diesen gegen die obere Knochenplatte, denn Bruno Kneisel hat ganz plötzlich den Stock aus dem furchtbaren Maul gezogen.
- Blut schießt aus dem Maul des Bockes – der »Adi« schreit auf –

›Aua, hilf!‹, laut und schrill, vor Schmerz kreischend!

Der Bock öffnet wohl wegen des alles durchdringenden Schreis auf der Wies'n von Leonding im Jahre 1898 kurz das Maul. – Der »Adi« kommt frei!

Das Hemd fällt aus seinem Mund. Die Hose mit der linken Hand hochziehend, die andere Hand schützend auf dem »Zipfel« rast er los wie ein Wirbelwind, laut schreiend und brüllend – wohl ein »tierischer« wahnsinniger Schmerz an der empfindlichsten Körperstelle eines neunjährigen Jungen.

Wir neun »Übriggebliebenen« sind wie gelähmt vor Schreck – unfähig auch nur eines Wortes. Nur der Ziegenbock scheint ungerührt, rupft wieder Gras mit den vorderen Schneidezähnen, um es dann genüsslich im hinteren Maulabschnitt zu zerkauen.

Wir neun Verbliebenen des gemeinen Kinderstreiches sehen uns mit großen Augen an, und es bewegt uns alle die gleiche bange Frage:

›Hat der hinterhältige, böse Ziegenbock den halben »Zippedäus« des »Adi« abgebissen, gefressen und gar runtergeschluckt?‹

Wir neun »Mitstreiter« dieses makabren Spiels haben niemals eine Antwort erhalten: Der Ziegenbock und auch »Adi« behielten ihr Geheimnis für sich, sie gaben es niemals preis!

Am nächsten Tag mussten wir neun geschlossen beim Zolloffizial, »Adis« Vater, antanzen: Unter Androhung von täglichen Schlägen mit einem Zwei-Meter-Rohrstock mussten wir beim Herrgott schwören, niemals über diese Geschichte zu sprechen. Vater, Mutter, die Geschwister, die Verwandten von »Adi« sollten nicht ins »Gerede« kommen, wegen eines dummen Streiches ihres Jungen – mit überaus schmerzhaften Verletzungen an einer Stelle des »Mannes«, über die man nicht spricht!

Ich, der Gefreite Eugen Wasner, bin wohl der einzige von uns neun, der den Schwur gebrochen hat.

Ist auch dies mit ein Grund, weshalb ich jetzt sterben muss? Im besten Mannesalter muss ich diese Erde verlassen, diese einst so schöne Erde, die nun getränkt ist mit dem Blut Millionen Unschuldiger – Männer, Frauen und den kleinen Kindern – verfluchter Krieg!

Jetzt klingt noch einmal das Armesünderglöckchen in mein Ohr an meinem abgeschlagenen Kopf im Fass unter der Guillotine, 1943, im Hof des Gefängnisses Berlin-Plötzensee. Das Glöckchen ruft den nächsten Todeskandidaten!

Ich fühle, wie mir meine Sinne schwinden, fühle wie der Rest des Blutes mein Gehirn verlässt und warm aus meinem Hals in das Holzfass läuft. Die letzten Bilder des »Lebensfilmes« verschwimmen schon ein wenig – werden undeutlich, und ich bin glücklich. Mein irdischer Weg endet – er endet für eine Geschichte, die wahr ist. Oder endet der Weg, weil ich den Schwur gegenüber »Adis« Vater gebrochen habe?

Es wird dunkel, und ich werde getragen von einer lieben Person – von meiner über alles geliebten Mutter. Sie hält mich in ihren Armen in voller Länge – wieder als Ganzes, mit Kopf und Körper!

Und meine Mutter lächelt und auch ich lächele,

und meine Mutter hat nicht schwer zu tragen, denn ich bin ganz leicht, fühle mich leicht wie eine Feder,

getragen von irdischer Liebe hinüber zu Gottes Liebe – gleich stehe ich vor meinem Schöpfer!“

Die letzten Bilder verschwimmen bis zur Undeutlichkeit
Der »Lebensfilm« des Eugen Wasner endet.
Und es endet auch sein Leben auf Erden!

Irrungen und Wirrungen – Die 2,5 Millionen Lichtjahre entfernten »Toraner« lösen das Geheimnis um die Menschwerdung

….. „Ich, Immo, empfinde mich noch kleiner als ich ohnehin schon bin – zwei Millionen Lichtjahre entfernt von der makabren Szene auf dem Innenhof des Gefängnisses in Berlin-Plötzensee des Jahres 1943.

›Sag, Vater, wie ist das möglich, dass ein abgeschnittener Menschenkopf weiterlebt?‹ –

Und Vater und ich sehen auf unserem riesigen Plasmaschirm wie bereits der nächste Delinquent zur Richtstätte gebracht wird – in diesem Falle vom Begleitkommando über den Boden geschliffen. Der Verurteilte ist offenbar noch nicht bereit, zu sterben.

›Ja, mein Sohn, bei den Menschen ist es so, dass ihr Leben noch einmal an ihnen vorüberzieht, obwohl sie nach ihrem eigenen Ermessen und ihren medizinischen Kenntnissen bereits für »tot«

erklärt werden. Sie können dann immer noch fühlen – ja sogar weinen, wie Du mein Sohn es selbst gesehen hast. Menschen, die scheintot waren, haben vielfach von diesem »Lebensfilm« berichtet als sie aufwachten und wieder ins Leben zurückkehrten.

Wir hingegen auf »Tora« können nicht fühlen wie die Menschen – Glück, Trauer, Freude sind Empfindungen, die uns bereits vor vielen Millionen von Jahren verloren gegangen sind. Das liegt ganz einfach daran, dass in unserem Körper alle Funktionen durch Chips gesteuert werden, die in unserem Kopf sitzen. Wir sind nicht einmal in der Lage, zu weinen. Im strengen Sinne sind wir deshalb nur noch »Maschinen«, obwohl wir den Menschen in vielen Dingen ähnlich sind.

Auch werden während unseres Lebens, das durchaus 70.000 gar 80.000 Jahre währt, alle Organe und Glieder mehrfach gegen neue ausgewechselt – und wenn bei uns der »Schalter« auf Tod gelegt wird, dann sind wir wirklich tot – und das augenblicklich!

Schade, auch wir »Toraner« würden allzu gerne Gefühle haben wie die Menschen und auch die »Keraner«. Unser Dasein wäre um vieles liebenswerter. Doch das sind nur Träume, fromme Wünsche. Leider können wir die Fähigkeit zum Fühlen niemals wieder zurückerlangen – trotz unserer übergroßen Intelligenz. Darin sind uns die primitiven Wesen auf Erde I und Erde II haushoch überlegen.

Auch wir »Toraner« waren einmal vor langer, langer Zeit zu schönen Empfindungen fähig wie

- glücklich sein
- fröhlich sein
- traurig sein

und auch dazu, uns über etwas zu freuen.

Alles begann, als vor über 65 Millionen Jahren auf der Menschenerde die Dinosaurier starben. Ein Komet aus dem Weltall vernichtete damals das Leben aller großen Tiere und auch der Pflanzen. Stürme, Feuersbrünste und Überflutungen rasten über den Erdball und eliminierten fast alles Leben auf Erde I. Doch wie es manchmal im Kleinen ist, so verhält es sich auch im Großen: Aus der Asche der verbrannten Erde entsteht wieder neues Leben!

Und nun staune, mein Sohn‹, fährt mein Vater fort:

›was damals zunächst zaghaft und schwach wie kleine Pflänzchen aus dem zerstörten Erdreich hervorkam, siehst Du heute hier auf unserem Planeten »Tora«:

Unser intelligentes Volk, das in dem verwüsteten Erdplaneten seinen Ursprung hat!

Ja, das ist eigentlich eines unser größten Geheimnisse:

Wir »Toraner« stammen von der Menschenerde!

Wir entwickelten uns schnell – und auch die Tiere und die Pflanzenwelt.

Ja, mein Sohn, wir »Toraner« sind die Vorfahren der Menschen, was diese natürlich nicht wissen, nicht im Entferntesten ahnen. Selbst wenn sie es in diesem Roman lesen, werden sie es nicht glauben, obwohl sie sich schon seit Menschengedenken mit dem Gedanken ihrer Herkunft »herumschlagen« – weil sie wissen, dass mit ihrer Herkunft irgend etwas noch im Dunklen liegt!

Die einen meinen, der Mensch stamme vom Affen ab. Die anderen vertreten die Ansicht, Menschwerdung erschließt sich aus einer ganz anderen Abstammungslinie – entwickelt aus Mikroben zu kleinen Lebewesen und dann über das Erlernen des aufrechten Ganges bis hin zum Homo sapiens.

Eine dritte Theorie der Menschwerdung vertritt die Auffassung, dass alles einem Gott, einem Schöpfer zuzuschreiben sei. So liest man in dem großen Buch, das sie Bibel nennen:

»Gott schickte Adam und Eva, damit sie sich vermehren mögen!«

Wissenschaft ist bei dieser Gruppe nicht so sehr gefragt. Stattdessen setzt hier der Glaube ein. Das geschieht immer dann, mein Sohn, wenn die Menschen keine rechten Erklärungen haben, wie z. B. für ihre Herkunft, das Leben, den Tod und das Leben nach dem Tod.

Man könnte allen drei theoretischen Richtungen attestieren, dass ihre Verfechter in der Menschwerdungsfrage gar nicht so ganz falsch liegen. An jeder dieser drei Denkrichtungen ist etwas Wahres dran. Man befindet sich schon irgendwie auf dem richtigen Wege – das Ziel zwar erahnend, aber wegen letzter fehlender Bestätigung doch nur schemenhaft im Nebulösen liegend.

Es ist schon erstaunlich, mit welcher Energie und Intensität der Mensch hinsichtlich seiner Herkunft nach brauchbaren Erklärungen sucht, geradezu verbissen ist, Antworten auf diese brennenden Fragen zu finden.

So wirst Du nun wiederum staunen, mein Sohn, wenn ich Dir ein paar Dinge erkläre, die Du im Rahmen Deines Studiums noch nicht bearbeitet hast:

Wir »Toraner« entwickelten uns nach der furchtbaren Katastrophe auf der Menschenerde vor nunmehr 65 Millionen Jahren in einem rasanten Tempo.

Man kann unsere Wissens- und Entwicklungssprünge durchaus mit denen der Menschen und »Keraner« vergleichen. Nur sind diese Spezies mit ihren gerade mal 200.000 Jahren Entwicklungsgeschichte noch sehr jung, so dass ihre Intelligenz noch nicht die unsrige erreicht hat.

So waren wir auch bald fähig, ferne Sterne, Planeten und andere Sonnensysteme zu besuchen. Während unserer Evolutionsgeschichte gelang es uns, im Weltall alsbald Reisegeschwindigkeiten zu erreichen, die dem Vielfachen der Lichtgeschwindigkeit[10] entsprachen. Für uns gab es bald keine Probleme, mit mehr als einer Milliarde Kilometern pro Sekunde zu reisen.

Dazu ein kleiner Vergleich zur Veranschaulichung bezüglich dieser enorm hohen Reisegeschwindigkeit: So haben wir neben Meter und Kilometer als neues Längenmaß den Erdumfang von Erde I[11] eingeführt.

Damit ist eine Hilfsgröße entstanden, dass selbst menschlicher Verstand eine kleine Vorstellung von den riesigen Entfernungen im All bekommt: Danach würde ein Raumschiff bei Lichtgeschwindigkeit 7,5mal in einer Sekunde um den Erdäquator I fliegen.

Bei einer Reisegeschwindigkeit von einer Milliarde Kilometern in einer Sekunde betrüge dann die Zahl der Äquatorumrundungen pro

---

[10] *Die Geschwindigkeit des Lichtes (Lichtgeschwindigkeit)beträgt etwa 300.000 Kilometer pro Sekunde.*

[11] *Der Erdumfang der Menschenerde, gemessen am Äquator, beträgt etwa 40.000 Kilometer*

Sekunde bereits 25.000 – das geschähe dann bei 3375facher Lichtgeschwindigkeit.

Bei dieser Reisegeschwindigkeit erreichten wir unsere neue Heimat auf »Tora« in der Andromeda-Galaxie in etwa 600 Menschenjahren – einer damals durchaus angemessenen Reisedauer. Da unsere Lebenserwartung auch auf viele tausend Jahre gestiegen war, gab es für uns in dieser Frage keine Probleme.

Auch die Reisedistanz nach »Tora« war schon wegen der fast unendlichen Entfernung von 2 Millionen Lichtjahren natürlich nicht mit normal betankten Flugobjekten zu erreichen – sei es Dieselöl, Kerosin oder Kernspaltung.

So haben unsere Raumschiffe heute nur die Brennstoffmenge an Bord, die nötig ist, um etwa 600 Jahre lang während des Fluges die Besatzung und alle technischen Systeme im Inneren zu versorgen.

Am äußeren Schiff befindet sich nichts – nur glatte Oberfläche.

Dabei kam uns ein gewaltiger Sprung in unserer Evolutionsgeschichte zu Hilfe, ohne den unbeschwertes schnelles Reisen im Weltall nicht möglich wäre. Es gelang uns, die größte im All bekannte Energie zu zähmen und für die Raumfahrt nutzbar zu machen:

»SCHWARZE LÖCHER«!

»Schwarze Löcher« können verwendet werden, um ganze Sterne und Planeten zu zerstören oder neu entstehen zu lassen. So könnte auch keine andere Macht im All es mit uns aufnehmen, falls es zu einer kriegerischen Auseinandersetzung käme. Diese Gefahr eines intergalaktischen Krieges ist damit für alle Zeiten gebannt. Kriege gibt es nur noch bei den unterentwickelten Spezies, den Menschen, den »Keranern« und den »Kersteken« auf ihren Erden I, II und III. Wollen wir z. B. von »Tora« zur Menschenerde reisen, so bereiten wir für die gesamte Distanz von 2 Millionen Lichtjahren einen Raumtunnel vor. Dieser Flugkanal ist dann auch von allen Asteroiden und weiteren herumfliegenden Objekten gereinigt, so dass der eigentliche Reiseweg absolut frei ist von unerwünschten Hindernissen.

Unser Raumschiff hat die ideale Flugform – nämlich die der Kugel:

widerstandsfähig,

stabil und ausgestattet mit

größtmöglichem Rauminhalt bei kleinster Hülle!

Die Energie des »Schwarzen Loches« setzt nun so an, dass das »Kugelschiff« durch den Tunnel gezogen, aber auch gleichzeitig von hinten geschoben wird.

Auf die gewaltigen Kräfte, denen unsere Körper als Besatzung des Raumschiffes bei der Beschleunigung und auch beim Abbremsen ausgesetzt sind, soll an dieser Stelle nicht eingegangen werden – das Problem haben wir aber bereits vor langer langer Zeit gelöst.

Die Menschen und auch die »Keraner« wundern sich, weil sie bei allen Überlegungen zur Praxis des Weltraumreisens nicht wesentlich weiterkommen. Ihre heutigen Geschwindigkeiten zum Mond, zum Jupiter und zum Mars von 20.000 bis 30.000 Kilometern pro Stunde (5,6 bzw. 8,3 Kilometer pro Sekunde) sind natürlich völlig ungeeignet zum Überbrücken intergalaktischer Entfernungen!

Die Menschen und die »Keraner« wundern sich darüber, dass sie auch theoretisch bei allen Überlegungen betreffend des Weltraumreisens nicht vorankommen. Das liegt ganz einfach daran, dass bezogen auf die »Unendlichkeit des Weltalls« die kleinen menschlichen und »keranischen« Gehirne nicht geeignet sind, auch nur ansatzweise tragbare Lösungen verständlich zu erarbeiten.

Es bedurfte auch bei uns »Toranern« ganz neuer Denkansätze sowie Entwicklung neuer Sprachen und Rechenoperationen – zu leisten nur von Maschinen.

Selbst wenn der geniale Physiker Albert Einstein von der Menschenerde weitere 10.000 »Einsteins« zur Unterstützung hätte, sein Raumschiff würde bei den heute möglichen Geschwindigkeiten nicht einmal den ersten Stern in seinem eigenen Sonnensystem erreichen (5 Lichtjahre ≈ 50 Billionen Kilometer): Der intergalaktische Traum der Menschheit würde also für diese zur Zeit niemals wahr werden!

So hat eine Fernsehsendung mit Namen »Star Trek« bereits erkannt, dass man schon mit 1 Milliarde Kilometern pro Sekunde reisen muss, um andere Welten zu erreichen. Die Ingenieure von »Star Trek« unterteilen ihre Geschwindigkeiten beispielsweise von »Warp 1« bis »Warp 15«.

Diese »Warp-Stufen« werden in die 3. Potenz erhoben und dann mit der Lichtgeschwindigkeit multipliziert.

Das bedeutet dann beispielsweise für »Warp 2«:

2^3 mal 300.000 Kilometer pro Sekunde

= 8 mal 300.000 Kilometer pro Sekunde

= 2.400.000 Kilometer pro Sekunde.

Das bedeutet dann für »Warp 15«:

15^3 mal 300.000 Kilometer pro Sekunde

= 3375 mal 300.000 Kilometer pro Sekunde

$\approx$ 1.000.000.000 (1 Milliarde) Kilometer pro Sekunde.

In Worten: Bei »Warp 15« reist man im Weltraum mit einer Geschwindigkeit von 1 Milliarde Kilometern pro Sekunde.

In besagten Filmen fliegen die Menschen auch schön schnell und weit, wobei ihre Antriebsenergie im Inneren des Raumschiffes in Form von Treibstoff gebunkert ist. Doch es bleibt die Frage: Wie weit gedenken sie tatsächlich zu kommen, wenn sie ihre Traumfabrik »Film« verlassen?

Falls ihr Raumschiff gar so groß wäre wie das der »Toraner« – selbst bei Kugelform mit 10 Kilometern Durchmesser und 523 Kubikkilometern Rauminhalt für Treibstoffbunker – wäre die Reise wegen der geradezu unendlichen Wegstrecken schnell zu Ende! Man bedenke, dass allein die Flugdistanz von der Menschenerde nach »Tora« in der Andromeda-Galaxie einer Größe entspricht von etwa 10 Billionen Kilometern[12] multipliziert mit 2 Millionen Jahren Flugdauer.

Das ergibt, ausgedrückt in Zahlen:

10.000.000.000.000 mal 2.000.000
= 20.000.000.000.000.000.000 Kilometer
= 20 Trillionen Kilometer

---

[12] *1 Lichtjahr entspricht etwa 10 Billionen Kilometer – errechnet aus:*
1 Jahr in Sekunden:
365 Tage x 24 Stunden x 60 Minuten x 60 Sekunden
$\approx$ *31.000.000 Sekunden*

1 Lichtjahr in Kilometern:
31.000.000 Sekunden x 300.000 Kilometer/Sekunde
$\approx$ *10.000.000.000.000 Kilometer (10×10^{12} Kilometer)*
= 10 Billionen Kilometer (bitte nachrechnen!)

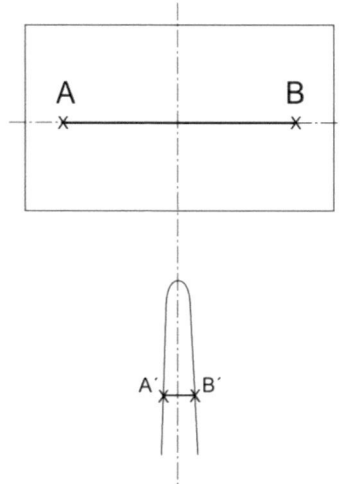

*Abb. 3 Schema– Der »Weltraum«
zusammengefaltet wie ein Blatt
Papier: Der Weg von A nach B
wird deutlich verkleinert auf die
Entfernung A' nach B'.*

Weil auch der Wissenschaft auf der Menschenerde dieses Problem bekannt ist, und man weiß, dass die möglichen Treibstoffmengen im Raumschiff geradezu winzig klein sind im Vergleich zu den gewünschten riesigen Distanzen in der »Unendlichkeit des Alls«, haben sich manche eine Eselsbrücke gebaut.

Man fliegt nicht mehr 2.000.000 Lichtjahre von A nach B (Abb. 3, oben), nein, man klappt den gesamten Weltraum einfach zusammen wie ein Blatt Papier – im Extremfall Blatthälfte an Blatthälfte und fährt nur noch durch die Blätter hindurch (Abb. 3, unten).

Der Satiriker würde sagen: »Einfach genial gelöst!«.

Kürzlich gab es eine Fernsehsendung[13] auf der Menschenerde, wo es sich zeigte, dass man der Lösung des Geheimnisses der menschlichen Herkunft schon sehr nahe gekommen ist.

Die Wissenschaftler hatten erkannt, dass im Rahmen ihrer genetischen Betrachtungen alle Menschen auf Erde I von den gleichen Vorfahren abstammten. Sogar der verstorbene Präsident Mobutu des Kongo hatte sich diese neuen Erkenntnisse zu seinen Lebzeiten zu eigen gemacht, denn er verkündete, bezogen auf alle Menschen dieses Planeten, wörtlich:

---

[13] *»Eine Frage der Gene: Die Menschheit eine große Familie?«, Arte Themenabend am 18.10.2011*

›Wir sind alle eine große Familie, weil wir die gleichen Vorfahren haben!‹

Danach gibt es in strengerem Sinne keine Chinesen, Japaner, Europäer, Mongolen, Araber, Indianer oder Afrikaner – die Gene beweisen es: Wir haben alle den gleichen »Urvater«!

Die Gene, das Erbgut aller Völker, ist in seinem Ursprung gleich, egal, ob sie nun gelb, schwarz, weiß oder gar rot sind.

Vor etwa 70.000 Jahren gab es danach in Afrika eine kleine Gruppe von nur ca. 10.000 schwarzen Menschen[14]. Die Spezies wanderte dann in Teilen nach Asien, Australien, Europa und über Alaska nach Amerika.

Die ursprünglich schwarzhäutigen Menschen passten sich relativ schnell dem Klima ihrer neuen Lebensräume an und entwickelten im Rahmen ihrer evolutionären Angleichung an die neuen Umwelten auch unterschiedliche Hautfarben wie weiß, gelb, braun oder rot.

Die Quintessenz dieser Erkenntnisse:

> »Die Wiege der Menschheit liegt in Afrika«.

Nun, mein Sohn, könnte man sagen: Falls die Menschen es fertigbringen, über ihren »eigenen Schatten« zu springen, dann ist es bis zur Wahrheit nur noch ein kleiner Schritt. Sie ergänzen die Aussage ihrer »Bibel«:

»Gott sandte Adam und Eva als erste Menschen auf die Erde«, sagt die Bibel und wir »Toraner« fügen hinzu »**und er schickte sie nach Afrika und ihre Hautfarbe war schwarz!**«

Dann hat natürlich auch der erwähnte Präsident Mobutu recht, wenn er sagt:

»Die Wiege der Menschheit liegt in Afrika – mit dem gleichen Vater und der gleichen Mutter als Vorfahren.«

Das bedeutet, dass sie alle auf Erden keine Einzelvölker, sondern tatsächlich eine große Familie sind, die in den Anfängen die gleiche genetische Ausstattung hatte!

---

[14] *»Eine Frage der Gene: Die Menschheit eine große Familie?«, Arte Themenabend am 18.10.2011*

Und in der Tat, mein Sohn, in dieser Frage haben die Menschen das Rätsel um ihre Herkunft beinahe gelöst – beinahe muss ich hinzufügen, denn das Wesentliche fehlt noch!

Damit Du, mein Sohn, auch in Deinen Geschichtsstudien weiter kommst, muss ich Dir noch einige Informationen geben:

Als wir »Toraner« nach mehreren Millionen Jahren damals die Intelligenzstufe erreicht hatten, den Weltraum zu beherrschen, wurde es höchste Zeit, diese, unsere Fähigkeiten auch zu nutzen, **denn:**

- Die Erde hatten wir heruntergewirtschaftet, vergleichbar dem, was den Menschen wohl auch bald gelingt, wenn sie so weiter machen wie bisher.

- Atombrennstäbe und allen weiteren anfallenden Müll einer Technikgesellschaft hatten wir unter uns im Erdinneren, in den Weltmeeren und über uns in der Atmosphäre gelagert.

- Die »Kleine Kugel« war regelrecht ausgesogen, ja geradezu »ausgelutscht«, denn alles Nutzbare, wie heiße Dämpfe, Lava und alle Bodenschätze hatten wir entnommen.

- Als Ausgleich zur Aufrechterhaltung der Gleichgewichte wurden anfallende Gifte wie z. B. Kohlenmonoxid, Kohlendioxid, Schwefeldämpfe u. a. ins Erdinnere gepumpt.

Da wir ohne Planung alles, was man als Industrienationen brauchte, an günstigen Stellen herausnahmen, aber an anderen Stellen planlos unsere Abfallgifte wieder der Erde übergaben, hatte das zur Folge:

Der kleine Erdball mit seinen gerade mal 12.000 Kilometern Durchmesser wurde instabil!

Die »Kugel« sah aus wie ein alter Fußball, dem die Luft ausgegangen war – ein Fußball, der so hässlich und unbrauchbar war, dass es auch nicht ein einziges Kind gab, dass damit hätte »spielen« wollen!

Riesige Erdspalten unter den Ozeanen – Tsunamis – Treibhauseffekt mit Schmelzen der Pole – Anstieg der Ozeane mit der Folge des Untergangs ganzer Städte, Länder und Kontinente – Kriege mit konventionellen und Atomwaffen: kleine Länder warfen Nuklearbomben auf kleine Nachbarländer mit der Folge, dass die radioaktiven Wolken auch große Länder trafen – tägliche

Horrormeldungen von Überschwemmungen, die sich abwechselten mit Dürreperioden – Wälder gab es nur noch in Kulturfilmen zu sehen – Revolutionen »weltweit«, auch die Jugend rebellierte – die Bevölkerung wuchs ungebremst – der Kampf um Arbeit, Wasser, Brot und Geld eskalierte – keiner wartete mehr, Geduld war ein Fremdwort – die »Nichtbesitzenden« nahmen sich von den »Besitzenden«, was sie brauchten, und das ging in der Regel nur, wenn auch der Hals abgeschnitten wurde – der Verteilungskampf unter den einzelnen Volksschichten war geradezu mörderisch, auch das Tier tötet das Tier, falls die eigenen Jungen verhungern – hinzu kamen ganz neue, bisher unbekannte Krankheiten – Seuchen entstanden urplötzlich wie aus dem Nichts und rafften von uns nicht nur Millionen dahin, sondern Milliarden!

Wir hatten es »geschafft«:
Die »Kleine Kugel« war außer »Rand und Band«!

Doch dann geschah etwas ganz Unerwartetes.

Der allerletzte verbleibende Teil der Erdbevölkerung schloss sich zusammen, bündelte alle Energie und alles Wissen mit nur einem Ziel:

Auswandern nach »Tora« in die Andromeda-Galaxie!

Das war auch für uns die einzige letzte verbleibende Chance, denn gleich mehrere Eiszeiten kündigten sich mit rasanter Geschwindigkeit an.

So kam es, mein Sohn, dazu, dass die letzten »Toraner« von den ursprünglich **fünfundzwanzig Milliarden** Erdbewohnern vor sich selbst und vor den nahenden Eiszeiten flüchteten!

Als wir Letzten unseres Volkes uns in unserer neuen Heimat auf dem Planeten »Tora«, den wir Erde IV nannten, eingelebt hatten, waren wir bereit, aus unserer eigenen Geschichte – dem Versagen ganzer Völker – zu lernen!

Nachdem wir »menschliches Denken« auf »Tora« überwunden hatten, wurden von unseren riesigen Rechenzentren und »Computergehirnen« Lebens- und Wirtschaftsmodelle entwickelt, die jeden einzelnen von uns als »gleiches Individuum« unter »Gleichen« berücksichtigten:

-   Reich und Arm
-   Hunger und Überfluss
-   Siechtum und Krankheit
-   Herren und Sklaven.

Das Alles gab es bei uns nicht mehr!

Mit Ausschalten des »menschlichen Egoismus« brach für uns alle eine neue Zeit an!

Das, mein Sohn, was Du heute noch in den Handlungen der »Star Trek-Filme« auf Erde I siehst, ist natürlich nur »fantastisches Gespinst« der Menschen dort.

Wie die heutigen Menschen nun einmal gepolt sind, so stellen sie sich natürlich auch intergalaktisches Leben außerhalb ihres Sonnensystems vor.

Wenn ihre Filmraumschiffe ferne Welten erreichen, dann gibt es natürlich sofort wieder

- Neid
- Hass
- Unterdrückung
- Streben nach Macht bis hin zur Weltherrschaft.

Alles einzuordnen unter dem Sammelbegriff:
»EGOISMUS«.

Wesen, auf die man bei intergalaktischen Reisen stößt, können ja nur böse, verschlagen, hinterhältig und herrschsüchtig sein!

Weil dies so in den archaischen Denkschemata der Menschen eingeprägt ist, müssen Begegnungen mit außerirdischem Leben auch stets zu Gewalttätigkeiten mit Stich-, Hieb-, Feuer- und Laserwaffen führen.

Die »Star Trek-Filme« zeigen dieses Denken, das wie ein Gesetz auch die fiktiven Geschehnisse in den filmisch aufbereiteten Abenteuern im interstellaren Raum bestimmt.

Da die Menschen und auch die »Keraner« bisher nicht dazu fähig sind, so wie wir »Toraner« aus der eigenen Geschichte zu lernen, wollten wir feststellen, ob das ein ungeschriebenes Gesetz ist, das für alle Zeiten Gültigkeit hat.

Deshalb haben wir damals auf »Tora« folgendes beschlossen:

Wir wollen einen Großversuch durchführen:

Wir möchten wissen, ob eine Rasse wie die unsere die gleiche Entwicklung durchmacht, wenn sie Bedingungen vorfindet, wie auch wir sie damals auf der Erde I vorfanden.

Und nun staune, mein Sohn:

So setzten wir vor 200.000 Jahren in Afrika auf dem menschenleeren Planeten Erde I tatsächlich zwei menschliche Wesen aus, die mit dem heutigen »Homo sapiens« genetisch weitgehend übereinstimmen – einen jungen Mann und eine junge Frau mit tiefschwarzer Hautfarbe! Sie waren im Unterschied zu anderen Lebensformen mit Intelligenz und einem Körperbau ausgestattet, der es ihnen in weitestem Sinne erlaubte, aufrecht zu gehen und primitive Werkzeuge für die Nahrungsbeschaffung herzustellen.

Damit ist auch das große Buch der Menschen, die »Bibel«, in Teilen bestätigt. Das, was sie seit Christi Geburt in dieses Buch schreiben ist also – bis auf die Gottesherkunft und die Hautfarbe – wahr:

Der schwarze Adam und die schwarze Eva sind tatsächlich der »Urvater« und die »Urmutter« der Menschheit!

Von nun an verfolgten viele Universitäten auf »Tora« wie aus einem schwarzen Menschenpaar, nennen wir es ruhig so, wie aus diesem Paar über sieben Milliarden Menschen des 21ten Jahrhunderts auf Erde I wurden – weiße, gelbe, braune, rote und auch schwarze!

Die Zielsetzung, die wir uns für diesen Großversuch selbst vorgaben, lautete: herausfinden, ob sich die Spezies »Mensch« genau so entwickelt wie wir »Toraner«.

- Wird die Spezies »Mensch« möglicherweise aus der eigenen Geschichte lernen, so dass sich einmal begangene Fehler nicht wiederholen?

- Wird sie möglicherweise sogar schneller lernen als wir oder wird sie sich umgekehrt noch schneller als wir in den Abgrund einer selbstzerstörerischen Apokalypse des kleinen Erdballs manövrieren?

Das sind Fragen, die für uns nicht nur von historischem Interesse sind, sondern die auch uns durch die möglichen Schlussfolgerungen vor immer weiteren Fehlentscheidungen in der Zukunft bewahren können. Auch wir sind nicht für alle Zeit gefeit, Fehler von weitreichender Bedeutung für unser weiteres Leben zu machen. Da wir auf Erde II ähnliche Bedingungen vorfanden wie auf Erde I, wurde der gleiche Großversuch auch dort durchgeführt. Die neuen Einwohner nannten wir »Keraner«.

Damit gab es zwei Großversuche auf zwei ähnlichen, Millionen Lichtjahre voneinander entfernten Planeten. Da beide Versuche zeitgleich begannen, boten sich immer wieder Vergleichsmöglichkeiten mit Hilfe von Kontrollen:

Zwei Pärchen mit pechschwarzer Haut waren aller Ausgang und erfüllten unser eigenes Volk mit einem geradezu unbändigen Interesse, was denn so aus den beiden hübschen Mädchen und den ansehnlichen Jünglingen werde – ein Zwischenergebnis sehen wir heute im Jahre 2012 gemäß der Zeitrechnung auf Erde I, der Menschenerde.

Damit absolut sicher gestellt war, dass die Langzeitversuche auf der »Menschenerde« und der »Keranererde« völlig eigenständig ohne jede Einflussnahme von außen durchgeführt werden konnten, ist in unserer Verfassung bereits in Präambel I festgelegt:

›[…] Die weitere Entwicklung der Menschen und auch der »Keraner« muss ohne jede Einflussnahme der »Toraner« stattfinden. Einmischen in die Belange der dortigen Völker ist von Seiten jedes »Toraners« ausgeschlossen. Selbst bei Ereignissen wie Erfindungen, Großbauwerken, Kriegen, Seuchen, Mordtaten, Terrorakten und anderen Grausamkeiten gibt es von Seiten der »Toraner« keinerlei Hilfe oder Einmischung. Die Hauptuniversität auf »Tora« begleitet beide Langzeitversuche wissenschaftlich, koordiniert alle gleich gearteten Anstrengungen weiterer Universitäten und gibt der Regierung und dem Volk auf »Tora« alljährlich ausführlich Rechenschaft. Jeder Bewohner auf »Tora« ist über riesige Computer derart mit den anderen beiden Erden vernetzt, so dass jeder Erwachsene, aber auch jedes Kind, die dortigen Geschehnisse im Detail verfolgen kann – übergroße Plasmafernsehschirme auf »Tora« gestatten die Beobachtung jeder auch noch so kleinen Handlung.‹

Du fragst Dich sicherlich, mein Sohn, ob denn von uns »Toranern«, nach unserem viele Millionen Jahre langen »Gastspiel« auf der Menschenerde gar nichts übrig geblieben ist. In der Tat haben große und kleine Eiszeiten die Erdoberfläche derart verändert, dass es praktisch nichts gibt, was an uns erinnert. Es sind nach uns neue Landmassen, Gebirge, Ozeane, ja ganze Kontinente an anderer Stelle entstanden. Und doch ließ vor zwei, drei Jahren ein Fund auf der Menschenerde aufhorchen: Eine kleine, menschenähnliche Figur wurde in Bernstein eingeschlossen gefunden – datiert auf ein Alter von mehreren Millionen Jahren!›Gab es nun doch schon »menschliche Wesen« auf Erde I, Millionen Jahre alt?‹ – war die Frage der Wissenschaft.

Natürlich gab es das – die Antwort kann ich geben, mein Sohn – nur es ist nicht das Abbild eines »frühen Vorfahren« der Menschen, wenn man die Entwicklungslinien ihres Stammbaums heranzieht, sondern eines der »Toraner«.

Aber, wenn man so will, ist die in Bernstein gefundene Figur damit auch gleichzeitig die Nachbildung eines frühen Vorfahren der Menschen, weil diese von den »Toranern« als deren Abkömmlinge auf der Menschenerde angesiedelt wurden.

Es gibt ja auch bei den Menschen die Theorie, dass das organische Leben nicht von der Erde stamme, sondern aus dem Weltall **»zugeflogen«** sein könnte – egal, ob als Mikrobe oder in einer anderen Lebensform.

So müssen wir »Toraner« natürlich ein wenig lächeln, wenn wir das eben Erläuterte hören. Es stimmt in diesem Falle natürlich beides:

- Die »Toraner« entwickelten sich aus den Stoffen ihres ehemaligen Heimatplaneten Erde I. Damit sind die Menschen heute indirekt als Nachkommen der »Toraner« ebenfalls ein Produkt der genannten Stoffe und der gleichen Erde.

- Der Mensch kam aber auch aus dem All zur Erde »geflogen« – und das in diesem Falle nicht in Form von Mikroben, sondern bereits »fertig« als schwarzer Adam und seinem Weib, der schwarzen Eva!

So ist es mein Sohn, manchmal ist beides falsch, aber manchmal ist auch beides richtig!‹

›Das war aber eine interessante und sehr lehrreiche Geschichtsstunde‹, bedanke ich, Immo, mich als Sohn bei meinem Vater. Man wird sehen, inwieweit die geschichtliche Entwicklung der »Toraner«, Menschen und »Keraner« mir helfen wird, die weiteren Umstände um das Tun des »Führers« Adolf Hitler zu verstehen und in größeren Zusammenhängen beurteilen zu können.

›Werde ich die mir gestellte Aufgabe nun möglicherweise besser bearbeiten können, nachdem ich so viel über die Entstehung und Entwicklung der Menschen und auch deren Abhängigkeit von uns »Toranern« erfahren habe?‹, frage ich mich und bin im Hinblick auf die zu lösende Aufgabe sehr zuversichtlich." …..

»WienerGeschichten« eines Jugendlichen –
Adolf Hitler mit 17/18 gedanklich bereits
»Führer« der Welt

Am 21. November 1908 eilt der Musikstudent August Kubizek in Richtung Stumpergasse der Stadt Wien. Dort in der Nummer 29, Haustür 17 im zweiten Stock, bei der alten Frau Aneliese Zakreys im Wiener Bezirk Mariahilf, hatte er seinen Freund »Adi« – mit vollständigem Namen Adolf Hitler – zurückgelassen.

Er, »Gustl«, wie er freundschaftlich von »Adi« genannt wird, ist gerade von einer Wehrersatzdienstübung aus Linz zurückgekehrt. Nun ist er froh, wieder in Wien zu sein und freut sich riesig, »Adi« wiederzusehen – seinen einzigen Freund.

Abb. 4 Zeichnung – der sechzehnjährige Hitler

– einzige bekannte Darstellung aus seiner Jugend

„Doch weshalb bin ich so unruhig? Was quält mich? Warum habe ich so große Furcht vorm Wiedersehen? Der »Adi« hat mir doch noch vor ein paar Tagen geschrieben, es ginge ihm gut, und er freue sich auf mich."

Trotzdem wird die ganze Wiedersehensfreude überschattet von Ungewissheit:

„Wie hat mein Freund das Alleinsein überstanden, so ganz ohne mich? Wird er sich wirklich freuen, wenn wir uns nach so langer Zeit wieder in die Augen schauen? Bestimmt werden wir uns in die Arme nehmen, wie richtige Männer, herzlich drücken, mit einem Kuss auf die Wange – ganz so wie es bei uns Brauch ist.

Doch oh Schreck, »Adi« ist nicht mehr da, einfach ausgezogen!

›Aber, Frau Zakreys‹, frage ich ganz entgeistert unsere Zimmerwirtin,

›wo ist der »Adi« denn hin? – Um Gottes Willen, hat er gar keine Nachricht für mich hinterlassen?‹

›Nein, Herr Kubizek‹, und sie schaut auf den Boden mit gesenktem Blick, ganz so, als wenn sie eine Mitschuld träfe und hebt jetzt den Blick, wobei sie mir nun doch in die Augen sieht.

›Herr Hitler hat am 18. November seinen Teil der Miete gezahlt, seine vielen Bücher nebst Bildermappen in seinen Koffern verstaut und ist weg!‹

Na das ist ja ein Schock – eine herbe Enttäuschung in meinem so jungen zwanzigjährigen Leben! Mein bester Freund ist weg, einfach verschwunden, ohne einen »Piep«.

Ganz offensichtlich:

- Das ist die Aufkündigung unserer Freundschaft.
- Das ist ihr Ende!

Weshalb hat der »Adi« nur diesen so schmerzhaften Weg gewählt?

Kein Gruß, kein Abschied, kein Dank für die schöne gemeinsam verbrachte Zeit, kein »Lebewohl«!

Auch der »Adi« ist bereits 19, nur neun Monate jünger als ich – müsste eigentlich wissen, dass sich so etwas nicht gehört – er, der immer auf gute Sitten und Umgangsformen Wert legte – geradezu unbegreiflich, dieser ganze Vorgang!

Wer mich jetzt sieht, wird sich fragen,

›Was ist denn mit dem August Kubizek?‹

Ich möchte jedem Vorbeikommenden mein Leid geradezu ins Gesicht schreien:

›Mein Freund, mein einziger Freund, hat mich verlassen – eine über Jahre gewachsene Freundschaft einfach abrupt abgebrochen – ein furchtbarer Tiefschlag!‹

Kein Wunder, dass mich die Leute mitleidig anschauen – fremde Leute, die vorüberkommen.

Tschechen, Ungarn, Österreicher, Deutsche und auch Juden tummeln sich heute, im Jahre 1908, in Wien – insgesamt zwölf verschiedene Nationen unterschiedlichster Religion. Wien ist mit seinen 2.000.000 Einwohnern die sechstgrößte Stadt auf der Erde, ein buntes Durcheinander aus allen Provinzen der Donaumonarchie.

Doch ich, Alfred Kubizek, nehme sie alle nicht wahr, die so fremden Gesichter der brodelnden Weltstadt – ich sehe nur eine einzige Person – mich selbst.

Doch weshalb hat mein Freund »Adi« diesen Weg gewählt? Weshalb ist ihm, der doch so klug ist, nicht eine andere Möglichkeit eingefallen, für eine Freundestrennung?

Weshalb dieser Weg? – Und mein Herz schmerzt vor lauter Kummer.

»Adi« und ich haben doch so viel erlebt!

Welche Gründe mag der Freund haben, den für den Freund schmerzhaftesten Schlussstrich zu wählen?

Was haben wir nicht alles durchgemacht – Erfreuliches und Unerfreuliches. Und wir beide haben uns doch gut verstanden – eigentlich das ideale Freundschaftspaar:

- der »Adi« überzeugend und sehr bestimmend
- ich mehr der willige Zuhörer, seine Geschichten tief in mich aufsaugend.

Irgendwie ergänzten wir uns doch ideal, eine Freundschaft, die funktionierte, obwohl zwei völlig verschiedene Charaktere aufeinandertrafen.

Der »Adi« war mir schon gleich sympathisch – er machte und dachte alles anders als ich, der kleine Tapeziererlehrling.

»Adi« wollte Künstler werden, dazu benötigte er nicht einmal so einen »Broterwerbsberuf« wie ihn nun einmal ein Tapezierer ausübt. Donnerwetter war das ein »doller Mensch« – mein Freund »Adi« – »Broterwerbsberuf«, ein ganz neuer Ausdruck, den ich vorher noch nie gehört hatte.

Und belesen war der »Adi«, rannte täglich in die Bibliothek, kaufte alle Zeitungen auf. Ihn interessierte einfach jedes Thema. Ein junger wissbegieriger Mann, der bereits als Heranwachsender alles erreichbare Wissen speicherte und so filterte, dass es zu seiner bereits vorgefassten Gesamtmeinung passte.

›Doch was war diese Gesamtmeinung?‹, frage ich mich heute, sitzend im Menschengewimmel des 1908er Wiens.

Eigentlich beruhte das Funktionieren unserer Freundschaft auf einem ganz einfachen Prinzip – das wird mir nun klar, während ich hier sitze – alleine sitze, ohne, dass mich der »Adi« mit seinen Wutausbrüchen drangsaliert.

Egal, worum es ging, ich musste nicht nur zuhören – mucksmäuschenstill – ich musste auch zu jeder seiner Geschichten applaudieren. Wie im Theater gab es immer mehrere »Vorhänge«.

Nachfragen, gar Kritik, war niemals erwünscht. Das hatte ich schon sehr schnell begriffen.

Wenn ich mir unser Verhältnis jetzt durch den Kopf gehen lasse, war ich ein dummer, völlig unkritischer Zuhörer, eben der ungebildete Tapeziererlehrling im Geschäft seines Vaters zu Linz, der sich vorbereitete auf einen »Broterwerbsberuf«, wie »Adi« sich spöttisch auszudrücken pflegte.

›Was hat der »Adi« denn dagegen? Ein sicherer Beruf war doch schon immer eine gute Sache, vor allem, wenn man an Kinder und auch Familie dachte‹, kommen mir heute so meine Gedanken.

»Familie«, das war natürlich so ein Thema, wo beim »Adi« richtig die Fetzen flogen. Sein Vater, der Zolloffizial, schlug ihn als Kind fast täglich mit äußerster Brutalität:

›Beamter, mit guter Schulbildung sollst Du werden, so wie Dein Vater. Einen angesehenen Beruf musst Du erlernen – sei fleißig in der Schule und ordentlich – sonst »setzt« es wieder was!‹ – Ein Horror, dieser Vater, mit Beamtentum, sicherem Einkommen und Staatsdienerallüren.

Ganz anders die Mutter, ihr Medaillon trug »Adi« Tag und Nacht auf dem Herzen. Sie vergötterte ihren Sohn, und der Sohn liebte die Mutter inniglich.

»Adi« pflegte und versorgte die Mutter monatelang, wochenlang, täglich, bis sie dann in seinen Armen starb.

Vielfach hat »Adi« mir auch vom Arzt Dr. Bloch erzählt, der sich aufopfernd um die Mutter kümmerte – ein Armenarzt und ein Jude. Es gibt zwar schon hier und da Judenhass, aber nicht so, dass man ihnen auch ans Leben wollte. Und der »Adi« schwärmte in höchsten Tönen von Dr. Bloch, dem kleinwüchsigen Juden.

Auch das Wort »Schule« war so ein Reizwort. Mit dieser Institution wollte »Adi« nichts mehr zu tun haben – weder mit Schülern noch mit Lehrern. Einzige Ausnahme war der Geschichtsprofessor Dr. Leopold Pötsch – ihn verehrte »Adi« geradezu.

Jetzt, im Nachhinein, wo ich über unsere Freundschaft reflektiere, kommt mir der Gedanke, dass »Adi« irgendetwas verdrängte.

Es muss schon etwas Furchtbares vor seiner Jugend, also bereits in der Kindheit, vorgefallen sein, was all sein Denken und Handeln überschattete – die verhasste Schule und der schlagfreudige beamtete Vater können es alleine nicht gewesen sein. Irgendetwas muss bewusst oder unbewusst da sein, was sein gesamtes Tun beeinflusst.

Eines war ganz klar und überdeutlich – der »Adi« war ein reiner »Ich-Mensch« – und es gab auch nur eine richtige Meinung, schon mit 16, 17, 18 Jahren – nur die seine:

- So lenkte er bei einem Gespräch niemals ein.
- Gespräche gab es ja sowieso nicht, sondern nur Vorträge, richtige Monologe.
- Seine Meinung war von vornherein regelrecht »festgezimmert«, keinen »Deut« verrückbar.
- Eine Änderung der Sichtweise war niemals möglich, auch nicht in Nuancen.

Niemals kam »Adi« die Idee, seine Meinung könnte falsch sein – selbst 99 Andersdenkende von 100 hätten sich dem einen »Wissenden« unterordnen, beugen müssen!

Demokratie, Mehrheitsentscheid tat er ab als ein Instrument der »Schwätzer« und »Schwachen«.

Für ihn galt schon in der Jugend das »Führerprinzip«, wobei er sich gerne als »Führer vieler Völker« und manchmal sogar als »Führer der Ganzen Welt« sah. Zunächst geäußert nur als Traum – doch schon bald formuliert glasklar, real und überdeutlich:

›**Unbeugsamer Befehl durch mich, Adolf Hitler, den Einen, und unbedingter Gehorsam der Anderen!**‹, war seine Parole.

Nur, es gab keine »Anderen«, es gab immer nur mich, den August Kubizek – den einzigen Freund, den »Gustl« – über die letzten vier Jahre. Alle anderen mied er, verachtete er, stieß sie von sich, ließ sie nicht an sich herankommen.

Das eiserne Prinzip des »Adi« lautete:

- Niemals zugeben, man habe sich geirrt.
- Nur aufs Ganze gehen.
- Niemals Hinterfragen des eigenen Standpunktes!

Die Folge:
Kein Wachsen des Gedankenguts durch neu gewonnene Erkenntnisse und Einsichten!

Deshalb:
Niemals aus eigenen Fehlern lernen, niemals einen Schritt zurück, geschweige denn eine Umkehr oder gar taktische Wegänderung in

seinem Argumentieren – ggf. mit kurzen Rückzügen und erneutem Vorpreschen – das gab es nicht!

Das, was den Klasseboxer auszeichnet, ein Kampf mit immer neuen Varianten:

- rein in den Mann
- weg vom Mann
- links herum, rechts herum
- klammern, Tempo forcieren
- ausruhen, fighten.

Das alles beherrschte der »Adi« nicht! – »Adi« kannte nur:

- rein in den Ring und hauen auf »Die Zwölf«!

Ihm selbst war nie bewusst, dass auch bei seinem Vorgehen Erfolg und Misserfolg häufig sehr eng beieinander liegen können – auch Klasseboxer verlieren, das zeigt die Boxgeschichte.

Danach erhebt sich für mich, Alfred Kubizek, nunmehr die Frage:

›Kann denn jemand wie der »Adi« dereinst eine große »Führerpersönlichkeit« werden, wenn er schon als 16-, 17-, 18jähriger derart von sich eingenommen ist, dass er von niemandem einen Rat annimmt, nicht bereit ist, Wissen und Erfahrung anderer mit in die eigenen Überlegungen einzubeziehen?

Kann denn jemand wie der »Adi« dereinst eine große »Führungsperson« werden, wenn er bereits heute als 19jähriger für sein Auftreten vor »Millionen« übt?‹

Das geschieht täglich vor mir, dem »Gustl«, der das nach »Hitlers Wort« lechzende Volk ersetzt.

Vor diesem Einmannpublikum übt der »Adi« fast täglich, wobei er stellvertretend von seinem einen Zuhörer anstelle der »fiktiven Menschenmassen« Treue, Loyalität, Kritiklosigkeit und geradezu unbegrenzte Begeisterung fordert! Er braucht für seine späteren Ziele nach seinen Worten keine Freunde und auch keine »Generäle«!

Nach »Adis« Philosophie haben alle Menschen nur noch eine einzige Daseinsaufgabe:

›Sie alle sind nur dazu da, um zu gehorchen
– einem begnadeten »Führer« wie z. B. mir, Adolf Hitler!‹

Allerdings muss ich eingestehen, dass der »Adi« alles gelesen hat, was ihm in die Hände kam. Über 100 Bücher waren sein ganzer Stolz, die er ausschließlich so las und so verstand, dass er allein das filterte und rekapitulierte, was seinem Traum vom »Führer«, welcher Gruppierung auch immer, diente. Er wusste bestens Bescheid über Kommunisten, Sozialisten, Kaisertreue, Verfechter eines Großdeutschen Reiches mit allen deutsch sprechenden Bürgern, Gewerkschaften und auch den Juden.

Es gab nur ein Thema, bei dem sich »Adi« etwas mehr zurückhielt als es bei allen anderen Inhalten der Fall war. Es schien mir in der Vergangenheit so, dass er sich, wenn es um Musik ging, eher dem Zauber einst gehörter Klänge hingab als nörgelnd den Besserwisser zu spielen.

Zur Oper, Richard Wagner und zum Theater durfte auch ich mich äußern, weil ich davon etwas verstand – ganz unbestritten. Hinzu kam, dass ich gut Klavier spielen konnte, beim Konservatorium angenommen war und sogar den Töchtern »besserer Kreise« Klavierstunden geben durfte.

Bei der Wagneroper »Riensi« war dann schon wieder Schluss. »Riensi«, in der römischen Geschichte aus dem Volk emporgestiegen, war der heimliche Star des »Adi«.

Dass die Geschichte des »Riensi« dann sehr traurig und dramatisch endete, das gefiel »Adi« hingegen gar nicht. Denn »Adis« Held aus dem römischen Volke scheiterte und verbrannte jämmerlich!

… Wie lange ich hier auf dem Kantstein der Straße sitze, weiß ich nicht. Wie viele Menschen mögen wohl zwischenzeitlich an mir vorübergezogen sein? – Ich bemerke sie nicht und auch nicht die eleganten Ein- und Zweispänner, gezogen von herrlichen Pferden – häufig nur besetzt mit dem vorne erhöht sitzenden Kutscher und zwei Damen dahinter – die Kutsche, das beliebteste Transportmittel des jungen 20ten Jahrhunderts.

Was wird dieses Jahrhundert uns bringen?

›Wird »Adi«, der »Belesene mit dem eisernen Willen«, eine gewisse Rolle in der neuen Zukunft spielen?‹ – bohrt eine Frage in meinem Kopf.

Reden kann er ja, und was er sagt hat »Hand und Fuß«, und überzeugt ist er schon heute derart von sich, dass durchaus bei seiner Ausstrahlung und Überzeugungskraft mal etwas aus ihm werden könnte – vielleicht ein Politiker?

Bereits jetzt beherrscht er bei seinen Reden an mich und stets auch an ein imaginäres Publikum unterstützende Gesten mit Händen, Fingern, Armen und dem Kopf – ja, dem ganzen Körper – perfekte Maßnahmen, um dem fein formulierten Redetext zu vollem Erfolg zu verhelfen. Alles war jedes Mal bis ins Kleinste schon tagelang vorbereitet, nichts wurde dem Zufall überlassen.

Da waren die Augen, sie banden das »Publikum« förmlich ein in den jeweiligen Vortrag. Das »Publikum« war geradezu gefesselt von diesen Augen und der wechselnden Gesichtsmimik. Zusätzliche Spannung beim Zuhörer erzeugten kürzere oder längere Pausen und bewusstes Senken und Heben der Stimme.

Der »Junge Adolf Hitler« war bereits mit 17, 18, 19 ein wahrer Virtuose der Rede – ganz so, wie der begnadete Geiger auf seinem Streichinstrument.

Die Zeremonie zum Ende der Rede war dann immer die gleiche:

- Das »Publikum«, also ich, der »Gustl«, erhob sich von den Sitzen und klatschte vor Begeisterung.
- Der Redner trank einen Schluck Wasser, während er sich die schwarze Haarsträhne aus dem klatschnassen Gesicht wischte.

Ein Abschluss wie jedes Mal, »Publikum« und Redner empfanden wohl das gleiche – unverkennbar – beide Seiten wirkten sehr zufrieden!

»Adi« musste jedoch auch hochtrabende Träume begraben:

Zwei Mal bestand er die Prüfung an der Kunstakademie in Wien nicht. Für ihn geradezu niederschmetternd, denn er war sich seines künstlerischen Talentes doch absolut sicher – oder wurde in diesem Falle auch eine gewisse Selbstüberschätzung sichtbar?

Sicher war damit nunmehr auch: Der »Adi« würde wohl niemals ein großer Künstler werden!

Hatte er nach dem »Kunstprüfungsdebakel« möglicherweise eingesehen, dass drei unumstößliche Gegebenheiten dem Kunststudium entgegen standen?

- Kein Mittelschulabschluss.
- Keine künstlerische Vorbildung.
- Kein hervorstechendes Talent.

Vielleicht könnte »Adi« Architekt werden – oder doch Politiker?

Ich selbst war häufig wie in Trance, wenn ich meinen Freund zu politischen Themen referieren hörte. Er tat dann immer so, als wären da 1000 Zuhörer, und nicht nur der eine – der »Gustl Kubizek«!

Erstaunlich wie gut der »Adi« seine Niederlagen an der Kunstakademie weggesteckt hatte, nur, um sich noch intensiver seinen Büchern zu widmen – unverrückbar davon überzeugt, später so oder so einmal eine große, mächtige, einflussreiche Persönlichkeit zu werden.

›Meine Zeit wird kommen!‹, pflegte der »Adi« dann des öfteren zu sagen.

So klar und eindeutig der »Adi« und auch ich, sein Freund »Gustl«, die Person »Adolf Hitler« als berühmten Zeitgenossen schon in nächster Zukunft sahen, so gab es bei ihm auch zwei Dinge, die widersprüchlicher nicht sein konnten:

1. Ländliche Idylle und Großstadt
2. Mädchen als Objekt der Begierde und Mädchen als entrückte Nymphen der Fantasie.

»*So konnte ich mir auf der einen Seite „einen eigentümlichen Widerspruch" im Wesen des Adi lange nicht erklären.*

Wenn die helle Sonne in die Gassen schien und ein frischer, lebendiger Wind den Geruch der Wälder in die Stadt trug, trieb es ihn mit unwiderstehlicher Macht aus der engen dumpfen Stadt heraus zu Wiesen und Wäldern.

Kaum aber waren wir draußen, versicherte er mir, dass er auf dem Lande unmöglich mehr bleiben könne. Es wäre für ihn schrecklich, wieder in einem Dorfe, wie es Leonding war, leben zu müssen. Bei aller Liebe zur Natur, freute er sich jedes Mal, wenn wir wieder in die vertraute Stadt zurückkamen.«[15]

Da ich es nicht wagte, den Visionär Adolf Hitler zu diesem Widerspruch zu befragen, suchte ich dann nach einer einfachen, plausiblen, mich selbst zufriedenstellenden Erklärung:

»Das Dorf war ihm, von diesem Standpunkt aus betrachtet, viel zu einförmig, zu unbedeutend, zu belanglos und daher für sein

---

[15] August Kubizek, Adolf Hitler – Mein Jugendfreund, Leopold Stocker Verlag, Graz [1953], S. 32

unbändiges Bedürfnis, sich mit allem zu beschäftigen, zu wenig ergiebig.«[16]

Hier auf meinem Kantstein an der belebten Straße fällt es mir nun wie »Schuppen« von den Augen:

Wenn ich den letzten Satz gelten lasse, dann stellt dieser keine Auflösung des zuvor herausgehobenen Widerspruchs »Ländliche Idylle vs. Großstadt« dar.

Jetzt, wo es dunkel wird, und die Wächter die Gaslaternen anzünden, da »zündet« diese Erkenntnis auch bei mir:

- wenn der »Adi« aus der Großstadt in die ländliche Idylle flüchtet
- wenn er dann, sobald ihn die ländliche Idylle umgibt, wieder Richtung Großstadt stürmt, dann ist da in der Tat ein Widerspruch!

Mir wird deutlich: **Der »Adi« hat Angst!**

Der sonst so selbstbewusste 19jährige fürchtet sich vor der ländlichen Idylle – er fürchtet sich regelrecht vor seinem Heimatdorf Leonding.

Wenn nämlich mal das seltene Gespräch auf das ländliche Leonding kam, wirkte »Adi« auf mich stets wortkarg und abweisend, was meine zuvor geäußerte Vermutung noch bestärkt.

Auch wird mir **der zweite ungelöste Widerspruch** im Wesen meines Freundes immer deutlicher, denn er begegnet den heranwachsenden Mädchen auf eine sehr unterschiedliche Art und Weise.

Obwohl der »Adi« ein hübscher, schlanker Jüngling ist und ihm täglich auf unseren Spaziergängen die Mädel schöne Augen machen, hat er noch niemals mit einer näheren Kontakt gesucht.

Mich plinkern die jungen Damen niemals an, immer nur den »Adi«, das muss ich unumwunden zugeben. Ich bin schon ein klein wenig enttäuscht, doch keinesfalls neidisch auf »Adis« Erfolge in der Damenwelt.

---

[16] *August Kubizek, Adolf Hitler – Mein Jugendfreund, Leopold Stocker Verlag, Graz [1953], S. 32*

Wie oft hätte der »Adi« aus solchen eindeutigen Sympathiebekundungen mehr machen können, ohne sich dabei groß anzustrengen.

›Wie ungerecht es doch im Leben zugeht‹, denke ich auf meinem Kantstein.

Wenn doch jene »Dralle« in ihrem rosa Spitzenkleid mit dem zierlichen Schirm auf mich gezeigt hätte, während sie mit ihrer Mutter die Kutsche bestieg. Hätte doch dieses offene herzliche Lachen mir gegolten – aber nein, es galt dem »Adi« – und der sah weg, ging einfach weiter, obwohl diese Annäherung nun doch ganz deutlich und von niemandem zu übersehen war – schon gar nicht von »Adi« selbst!

›Komm »Gustl«, gehen wir‹, war der einzige Kommentar.

›Wie ungerecht doch diese Welt ist!‹

So hat der »Adi« eine fiktive Liebe, eine Liebe, die sich ganz allein in seiner Fantasie abspielt. Sie heißt Stefanie und geht häufig mit der Mutter spazieren: eine hübsche 18jährige mit vollem blonden Haar und tadelloser Figur – zugegeben.

›Stefanie ist meine große Liebe, und sie würde ich nicht einmal küssen oder berühren. Nein, unsere Liebe ist heilig und so rein – mit irdischen Worten deshalb auch schwerlich zu beschreiben‹, so der verliebte schwärmende Jüngling.

Schon merkwürdig, verweigert drallen lebenslustigen jungen Schönheiten sein Bett, zieht es vor, tagelang in Monologen, abgehoben auf des »Himmels Ebene« zu schwelgen, die Reinheit seiner Liebe zu beschwören und Fleischeslust als schmutzig zu verdammen.

Unglaublich, der »Adi« zieht ein Mädchen aus Linz, das er noch niemals gesprochen hat und wohl auch niemals sprechen wird – ein Mädchen, das von der Verehrung durch ihn nicht einmal etwas ahnt – diese nur in Gedanken erlebbare und damit auch völlig einseitige Liebe – zieht der »Adi« weltlichen Schönheiten vor, die ihn alle handfest liebkosen möchten.

›Ganz ungewöhnlich für einen 19jährigen, gesunden, normalen Mann‹, so geht es mir durch den Kopf,

›oder ist der »Adi« möglicherweise in seinem Verhältnis zum anderen Geschlecht weder **gesund** noch **normal**?‹

Gedanken, die ich niemals wagen würde, wäre der »Adi« in der Nähe:

Hängt auch dieser Widerspruch, Sexualpraktiken erproben durch die Tat oder nur enthusiastisches Schwelgen im »Siebten Himmel« mit jenem furchtbaren Kindererlebnis zusammen, das meinem Denken plötzlich eine neue Spur des Erkennens und Erklärens für das so absonderliche Verhalten meines Freundes eröffnet? Nur ein einziges Mal machte "Adi" Andeutungen, dass tatsächlich in seiner Kindheit etwas Furchtbares vorgefallen sei, jedoch ohne mir genauere Details zu der Kindergeschichte zu geben.

So war ich dann doch sehr erstaunt, als es dem »Adi« irgendwann derart in der »Hose brannte«, dass er mich eines Tages geradewegs ins Rotlichtviertel zog, wo sich die Mädchen in den Auslagefenstern aalten und ihre nackten Beine und baren Busen präsentierten. »Adi« hakte mich unter und sagte zu meinem großen Erstaunen:

» ›Komm, Gustl. Einmal müssen wir uns doch den 'Pfuhl der Laster' ansehen.‹ «[17]

So schritten wir durch die schlecht beleuchtete Spittelberggasse bis hinunter zur Burgstraße. Wir blieben aber nirgendwo stehen und sprachen auch mit keinem der Mädchen. Alle nahmen wieder nur »Adi« wahr, nicht mich – lächelten ihm verlockend zu. So ging es gleich zwei Mal an den Fenstern vorbei, denn wir drehten um und wiederholten die Runde, bis wir dann in die Westbahnstraße einschwenkten.

›Alles Dirnenpack‹, fasste »Adi« das seltene Erlebnis zusammen und ergänzte,

›bei diesen armen Geschöpfen ist die »Flamme des Lebens« längst erloschen!‹

Heute, im Nachhinein, kommt mir seine Zusammenfassung und Beurteilung unseres einmaligen Erlebnisses in höchstem Maße fragwürdig vor. Jeder andere Jugendliche hätte nach der Besichtigung der halb nackten, zum Teil sehr hübschen Mädchen ganz anders reagiert – das wird mir heute klar!

Ist ihm da möglicherweise wieder jenes furchtbare Erlebnis aus Kindertagen im Dorfe Leonding präsent, das reflexartig bei dem

---

[17] *August Kubizek, Adolf Hitler – Mein Jugendfreund, Leopold Stocker Verlag, Graz [1953], S. 235*

Wort »Sex« sofort den Sinn des Wortes von »normal« auf »unnormal« umpolt, eine unvoreingenommene Betrachtungsweise wie bei Jugendlichen eigentlich üblich, gar nicht zulässt? Ist da irgend etwas, was dem »Adi« heute Angst macht vor sich selbst und auch Angst vor mir, seinem besten Freund? Ich, »Gustl«, bin mir darin nunmehr sicher!

Wenn ich nun langsam zum Ende meiner Betrachtung komme, an der belebten Straße im Wien des Jahres 1908, so ist mir eines klar geworden: Jetzt, wo ich noch einmal alles durchdenken konnte, ist das Gesicht meines Freundes beinahe verschwunden, nur noch schemenhaft als unklares Bild auszumachen.

Ich muss zusammenfassend für mich feststellen, dass ich meinen Freund trotz unserer gemeinsamen vier Jahre gar nicht richtig kenne. Das wird mir insbesondere auch jetzt deutlich, wenn ich an zwei Klassenfotos denke, die mir »Adi« gezeigt hat.

Auf dem einen, 1899, in der vierten Volksschulklasse Leonding, steht der »Adi« in der obersten Reihe in der Mitte. Auch auf dem anderen Bild, 1901, in der ersten Klasse der Realschule in Linz, befindet sich »Adi« in der obersten Reihe – hier aber ganz rechts.

»Adis Antlitz ist bei diesen Aufnahmen immer dasselbe. Obwohl eine beachtliche Zeitspanne zwischen den einzelnen Aufnahmen liegt, ist es stets das gleiche, fremde Gesicht, als hätte es sich nicht verändert. Ich finde, dass darin, noch völlig unbewusst, jene eigentümliche Konsequenz zum Ausdruck kommt, jenes Sich-nicht-ändern-Können, das mir als der wesentlichste Charakterzug des jugendlichen Hitlers erscheint.«[18]

›Fremd ist mir mein Freund »Adi« geworden – oder war mir mein Freund schon immer fremd, und ich, der Tapeziererlehrling, habe es vor lauter »Beifallsgesäusel« gar nicht bemerkt?‹

Das ist mir nun klar geworden beim Nachdenken auf dem Straßenkantstein im Gebrodel des 1908er Wien.

Obwohl immer noch mein bester Freund, bleibt der »Adi« in meiner Erinnerung doch nunmehr:

- der »Fremde« aus Leonding
- der »Fremde« aus Linz und auch
- der »Fremde« aus Wien!

---

[18] vgl. *August Kubizek, Adolf Hitler – Mein Jugendfreund, Leopold Stocker Verlag, Graz [1953], S. 27*

Es bleibt für mich, Alfred Kubizek, nur noch eine letzte Frage:

›Was hat Gott nur noch geplant? Was hat Gott noch mit diesem Adolf Hitler vor?‹

»Was will Gott mit diesem Menschen?«[19]

Besuch bei der jüdischen Hure Rebecca – »Adis« erstes Liebesabenteuer wird zum Debakel und zum Auslöser von Judenhass und Frauenfeindlichkeit

„Heute muss es sein!"

Ich habe mich entschieden. Ich habe mich zu etwas durchgerungen zu tun, was jeder junge Mann einmal tut – das war früher so, das wird morgen so sein und das ist auch heute so. Ich, »Adi«, mit vollständigem Namen Adolf Hitler, habe mich entschieden, es heute zu tun. Ich werde heute zu einer Dame gehen, von der alle 17-, 18-, 19jährigen, die dort waren begeistert sind. Alle sprechen von der dunkelhaarigen Rebecca, die mit den jungen Herren so rücksichtsvoll umgeht, als hätte sie Mutterpflichten zu erfüllen. Aber Mutterpflichten kann man die Tätigkeit, worum es heute geht, eigentlich nicht nennen – vielmehr möchte ich an diesem Tage ein »richtiger Mann« werden, zum ersten Mal feststellen, wie das so ist, mit einer Frau – und beide ganz nackend – so wie Gott sie schuf – und bei mir beginnt es zwischen den Beinen so richtig zu prickeln.

„Mein Gott, wenn man nur an die dicken »Möpse« und den drallen Po von Rebecca denkt, wird einem schon ganz warm ums Herz", und meine etwas zu enge, lange Hose beult sich im Schritt verdächtig aus.

Mein Freund Kubizek hat bereits alles erzählt, wie die Sache abläuft – er war schon drei Mal bei Rebecca.

„Schwarzes langes Haar und eine schneeweiße Haut hat sie – ganz dunkle sinnliche Augen mit vollen Lippen eines herrlichen Kussmundes, mit dem sie auch richtig küsst.

---

[19] *vgl. August Kubizek, Adolf Hitler – Mein Jugendfreund, Leopold Stocker Verlag, Graz [1953], S. 37*

Sie küsst auf die Wangen, auf den Mund und …", mir wird ganz schlecht, wenn ich daran denke, als »Gustl« erzählte, wie sie ganz genüsslich seinen »Zippedäus« fast hinunter schluckte.

„Mein Gott", sagte Kubizek,

„das hämmerte richtig im Beutel!"

Der »Gustl« hat sich umgehört: Keiner ist je krank geworden, der bei ihr war. Das ist natürlich beruhigend – undenkbar, falls man zum Doktor müsste, mit brennendem »Zippedäus«. Man hört ja so viel, was im Sumpf der Weltstadt alles passiert, da muss ich schon absolut sicher sein!

Rebecca hat sich darauf spezialisiert, junge »Heißsporne« in die Liebe einzuführen. Sie weiß, die Jünglinge kommen zum ersten Mal, und dieses »Frischfleisch« ist noch nicht versaut und mit Krankheiten verfilzt. Rebecca bedient nur die 17- bis 25jährigen, und es geht das Gerücht um, dass sie an ihrem Service sogar Freude hat – den Sex mit den Jungen geradezu genießt.

Sie ist nicht besonders groß, so dass ihre üppigen Riesenbrüste deutlich hervortreten. Sie passen zu dem etwas drallen Po, denn gerade diese Rundungen machen sich auffallend bemerkbar wegen ihrer weit und breit bekannten Wespentaille.

»Gustl« war besonders davon begeistert, dass sie fast durchsichtige orientalische Kleidung trug, die es gestattete, zunächst einen Blick in den Ausschnitt mit dem Riesenbusen zu tun, um dann mit den Augen nach unten wandernd zu den herrlichen schlanken Beinen zu kommen, die in kleinen hochhackigen Pantöffelchen steckten.

»Gustl« musste zunächst in eine nierenförmige Wanne steigen – wurde von Kopf bis Fuß abgeseift. Sauber ist die Rebecca, und das verlangt sie auch von ihren Gästen.

War der »Zippedäus« im warmen Wasser der Wanne bereits hochgradig sensibilisiert, sobald Rebeccas Hände den Körper mit einem Schwamm berührten – so ging jeder »Zippedäus« wieder auf »Tauchstation«, sobald sie mit eiskaltem Wasser die Seifenreste abwusch. Aber im übergroßen Bett war der unangenehme kalte Wasserschlauch schnell vergessen, wenn sie den »Guten« wieder zum Leben erweckte.

„Und ob Du es glaubst, »Adi«, sie lobte meinen »Zippe« und sagte wörtlich:

›Der ist ja niedlich und nicht zu groß, aber ein richtiges »Knuddelchen« zum Spielen.‹

Dabei machte ich mir schon Sorgen, ob sie mein »Zehnzentimetermonstrum« nicht als unbrauchbar abtun würde, aber nein, sie kuschelte sich an meinen Körper und streichelte mich überall zärtlich, so dass ich mich im »Siebten Himmel« wähnte. Sie gab mir das Gefühl, als wäre mein »Kleiner« der »Größte«!", und nach kurzem Luftholen fuhr der »Gustl« fort mit der aufregenden Geschichte.

„Bei allem, was sie tat, wirkte sie ganz liebevoll, geradezu mütterlich. Wenn sie mit ihrer dunklen weichen Stimme versuchte, ein bisschen zu »Wienerln« – dann sah man in ihr gar nicht das »leichte Mädchen«, die stadtbekannte Nutte!"

„Das ist ja toll", denke ich, »Adi«, voller Freude.

Wenn sie schon »Gustls« Winzling durch Aufmuntern vergrößert hat, wird sie auch für mich Verständnis haben. Ist mein »Zippedäus«, verglichen mit »Gustls« auch nicht als Winzling zu bezeichnen, so hat der meine doch eine ganz merkwürdige Form angenommen – seit jenem Tage als mich, den Neunjährigen, jenes Ziegenbockvieh in den Penis biss!

Warten wir's ab. Falls die mütterliche Rebecca Verständnis für das ungewöhnliche Aussehen meines Fortpflanzungsgerätes hat, wird auch später einmal meine über alles geliebte Stefanie mein Sexspielzeug akzeptieren, ja möglicherweise sogar lieben.

Selbst dem »Gustl« habe ich das merkwürdige »Ding« niemals gezeigt – viel zu groß war meine Furcht und die Scham vor der zu erwartenden Reaktion!

Während sein »Dingelchen« täglich vor meinen Augen »rumtanzte«, denn er liebte es, zuhause nackt herumzulaufen, und ich irritiert zu ihm aufschaute, meinte er grinsend:

„So hat uns der Herrgott nun einmal geschaffen", und er war gar nicht eingeschnappt, wenn ich allen Ernstes ein wenig empört von »nicht schicklich« sprach.

„So ist das also heute der erste »echte Test« des jungen Hitlers in »Sachen Sex«", rede ich mir ein.

Nur das Entsetzliche daran ist, dass man sich auf das Kommende gar nicht vorbereiten, keinerlei Einfluss nehmen kann – wo ich doch gerade Wert darauf lege, mich auf jede Situation so einzustellen, dass ich sie jederzeit auch beherrschen kann.

… So stehe ich nun vor der Tür Nr. 3 im Hause Nr 19 des Wiener Rotlichtviertels.

„Da kommt als weitere Unbekannte noch hinzu, dass ich Rebecca nicht einmal kenne, sie noch nie sah", stelle ich, meine Lage einschätzend, für mich selbst fest.

Hier im ersten Stock sind die Mädchen in ihren Zimmern und poussieren nicht an offenen Fenstern herum, wie es im Parterre zu sehen ist.

Und da stehe ich nun mit meinem Kärtchen, auf dem zu lesen ist: 17. November 1908, 19.00 Uhr , Rebecca.

Das Kärtchen mit Termin musste ich mir ein paar Tage vorher unter der Deckadresse bei einer alten Frau holen. Die zwinkerte mir beim Fortgehen aus stahlblauen Augen zu, die so gar nicht zu dem Faltenmeer ihres uralten Gesichtes passten.

„Nur zu, junger Mann, keine Angst – Rebecca beißt nicht!", und die Alte ließ ein leises Kichern vernehmen, irgendwie auffordernd, gar nicht mal unangenehm.

So nehme ich dann allen Mut zusammen – das Kärtchen in der Linken – leichtes Klopfen gegen die Tür Nr. 3, denn es schlägt ganz dumpf Punkt Sieben von der nahen Kirchturmuhr.

Trotzdem ist die etwas »rauchig« angenehm klingende Frauenstimme deutlich zu vernehmen:

„Bitte herein", und ich, »Adi«, trete beherzt in den Raum und ziehe die Tür hinter mir ins Schloss.

„Na, mein Junge, wie geht es Dir?", sagt die »rauchig« angenehme Stimme, und während sie sich zu mir umdreht, strahlt mich Rebecca mit ihren dunklen Augen an.

„Wie heißt Du denn, wie ist Dein Name?"

„Guten Abend, Madam, mein Name ist »Adi«, und vielen Dank dafür, dass Sie für mich Zeit haben."

„Na ja, mein schöner Jüngling, das ist ja eigentlich meine Aufgabe, Zeit zu haben. Nenne mich ruhig Rebecca, alle nennen mich so."

„Gerne, Madam – äh – Rebecca", und mein Herz schlägt immer noch, als wären Dampfhämmer in meiner Brust.

„Durch wen bist Du denn auf mich gestoßen, »Adi«?"

„Der »Gustl«, mein Freund, hat mir von Ihnen erzählt."

„Ach, der »Gustl«, netter Junge, und versteht viel von Musik! –
Nun mal runter mit den Klamotten, »Adi«, nur keine Scheu! Wohl
das erste Mal heute – nur keine Bange, mach ganz so, als wäre ich
Deine große Schwester. Du wirst sehen, das kann sehr schön sein
mit der »neuen Schwester«. – Nun runter mit den Sachen und dann
rein in die kleine Wanne im Nebenraum. Dort brennt auch zu
romantischer Stunde nur eine Kerze. Vielleicht fühlst Du Dich
besser, wenn man nicht gleich alles sieht. Ein bischen
Schummerbeleuchtung macht es viel leichter, uns
kennenzulernen!"

Auch im Empfangsraum, der allein aus einem übergroßen Bett zu
bestehen scheint – mit zwei Stühlen, einem Tischchen und zwei
Nachtschränkchen – brennt zum Abend nur eine abgedunkelte,
rosa Licht verströmende Lampe. Üppige seidene Gardinen trennen
den kleinen wohnlichen Raum vom Draußen der eintretenden
Nacht.

Ich gehe mit immer noch flatterndem Herzen in den Nebenraum.
Eigentlich befinden sich dort nur zwei kleine nierenförmige
Wannen. Die eine ist gefüllt mit warmem Wasser und viel
Schaum. Die andere ist leer, mit dem in der Luft hängenden
Schlauch für eiskaltes Wasser! Da sträuben sich einem regelrecht
alle Haare, wenn man an »Gustls« warnende Worte denkt.

„Nur schnell die Kleider runter – rein in die Wanne und den
Körper abtauchen unter den Schaum – zumindest den
Unterkörper", mache ich mir selbst ein wenig Mut und schäme
mich meiner Nacktheit.

Und schon »schwebt« sie heran!

„Mein Gott!", bricht es förmlich aus mir heraus. Sie trägt nur ein
kleines Dreieckshöschen und die gewaltigen Brüste wippen bei
jedem Schritt – weit nach vorne geschoben, unterstützt durch die
hochhackigen Hauspantöffelchen.

„Na, »Adi«, gefalle ich Dir?" – und während sie sich bückt,
beginnt sie auch schon mit dem Schwamm meine Schultern zu
waschen, wobei sie dicht vor mir steht und mich anstrahlt.

„Na, »Adi«, was sagst Du?"

„Einfach phänomenal, Madam – äh, Fräulein Rebecca. Ich finde
gar keine Worte, so schön sind Sie, viel schöner als der »Gustl«
Sie mir beschrieben hat."

Fasziniert sehe ich Rebeccas »Riesenmelonen« ganz unkontrolliert vor und in meinem Gesicht hin und her schwingen. Einen Augenblick bin ich geradezu hingerissen von der schönen Frau und habe mehr Freude als Angst – vor dem was da noch kommen wird.

„Sagen Sie, Fräulein Rebecca, darf ich Sie etwas fragen?"

„Alles, was Du möchtest, und ich werde Dir antworten, mein Junge."

„Sind alle Jüdinnen so schön wie Sie, Fräulein Rebecca? Denn meinem Freund »Kubi« haben Sie erzählt, dass Sie jüdischer Nationalität sind."

„Nein, nein, mein lieber »Adi«, ich bin österreichischer Nationalität, mit richtigem Pass – nur mein Glaube ist jüdisch – und schön sind alle jüdischen Frauen!", und ihre dunkle Stimme klingt angenehm warm, überaus vertrauenerweckend.

Sie unterbricht den Waschvorgang kurz, strahlt mich wieder an, küsst zärtlich meine Stirn und beginnt an der Brust – und ich stoße verzückt hervor:

„Ist das kitzlig!", als sie in kleinen kreisenden Bewegungen meine Brustwarzen streichelt.

„Nun, »Adi«, stell Dich aufrecht hin, wollen wir doch mal Deinen »Zippedäus« bestaunen. Nach Deiner großen Nase zu urteilen, muss das auch ein »gar gewaltig Ding sein«." – Und die Neugier der 25jährigen Frau ist ganz unverkennbar.

„ ›Wie der »Zinken« des Mannes, so ist auch sein »Johannes« ‹, sagt ein uralter Spruch!" – und sie lacht schallend, und auch »Adi« lacht, aber nur ganz kurz. Und es ist ungewöhnlich für ihn, denn er lacht sonst nie –

und er wird auch in seinem ganzen zukünftigen Leben niemals wieder von Herzen lachen!

„Um Gottes Willen, was ist denn das?" – ruft Rebecca plötzlich aus, und es klingt ganz bestürzt.

Als »Adi« aufsteht wird sein Penis sichtbar, noch fast bedeckt mit Schaum, trotzdem für die erfahrene Liebesdienerin sofort erkennbar:

„Mit dem »Ding« stimmt etwas nicht!"

„Herr »Adi«", und sie verfällt in das nicht vertraute, fremde »Sie«,

„Herr »Adi«, sofort in die andere Wanne!", kommt die Aufforderung in barschem Befehlston. Sie beginnt sogleich mit dem kalten Wasserschlauch zu spritzen und auch nur gezielt auf Bauch und »Zippedäus«. Mir sind sofort alle »männlichen Gefühle« entschwunden – nun hängt das »Ding« nur noch so armselig herum. Eigentlich sind es ja zwei »Dinger« – eine ganz merkwürdige Form für einen Penis, das ist mir schon bewusst!

Ich bin starr vor Schreck, stehe stocksteif in der Badewanne, die »mütterliche Geliebte für eine Nacht« mit schreckgeweiteten Augen anstarrend.

Tatsächlich, was sich da der »jünglingsverwöhnenden Nymphe« präsentiert, ist schon ein »Horrorgerät« und nicht der zum Spielen anregende Penis eines Neunzehnjährigen.

Die obere Hälfte wirkt normal – doch dann sieht man deutlich, wie damals der Biss des Ziegenbockes bei mir, dem Neunjährigen, das Geschlechtsteil deformierte:

- Der Biss verlief nicht ganz über die volle Breitenausdehnung des Gliedes (Abb. 5), so dass sich die untere Penishälfte umbildete – regelrecht der Länge nach aufspaltete, in eine »knallrote linke Knolle« und rechts in einen »schwarzen, hängenden, blutleeren Hautlappen« (Abb. 6).

Ein gar grausiger Anblick ist das für jede sich nach Liebe sehnende Frau – insbesondere für die noch unberührte Jungfrau bei ihrem Erstkontakt!

Die messerscharfen unteren Schneidezähne (Abb. 7, links im Bild) »säbelten« meinen kleinen Penis, wenn man so sagen will, in drei Teile!

Die unteren Zähne schlugen fest gegen den Knorpel der oberen Knochenplatte des Ziegenbockmaules, ohne das Glied ganz abzutrennen.

Der Urin plätschert seitdem aus der verletzten Harnröhre, etwas mittig, unter dem linken Knorpelstück und rechts über dem schwarzen Hautlappen.

Unser damaliger Hausarzt, Dr. Bloch, sah sich nach dem Biss die frische Wunde sofort an, riet aber dringend von jeder Operation ab, die nur weitere Qualen, aber keine Besserung bringen würde.

84

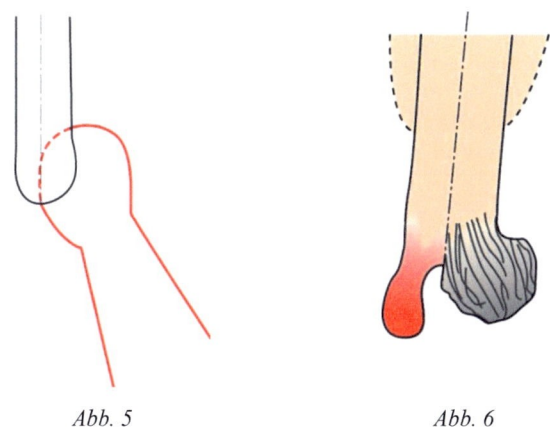

Abb. 5   *Abb. 6*

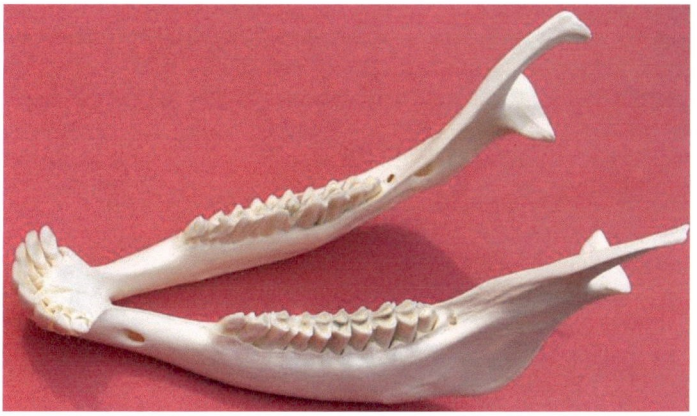

Abb. 7

Obwohl der kleinwüchsige Jude mir nicht helfen konnte, bin ich ihm noch heute für seine Verschwiegenheit dankbar – nicht ein Sterbenswörtchen kam über seine Lippen zum Thema Penisverstümmelung des kleinen neunjährigen Adolf Hitler, genannt »Adi«, aus Leonding. Während mir diese Dinge in Sekundenbruchteilen durch den Kopf schießen, hat sich das »Liebesfräulein Rebecca« mit in die Hüften gestützten Armen vor mir aufgebaut – mit stechendem bösen Blick in meine Augen schauend. Ich selbst stehe immer noch starr in der Wanne, keiner Bewegung fähig.

Abb. 5 Schema, Biss des Ziegenbocks in den Penis des 9jährigen "Adi" und Abb. 6 Schema, veänderter Penis nach dem Biss (nach der Idee des Autors), Abb.7 Foto eines Ziegenbockunterkiefers (scharfe Zähne vorn)

….. „Auch ich, Immo, auf meinem zwei Millionen Lichtjahre entfernten Beobachtungsposten in der »Andromeda-Galaxie« muss wohl den stechenden Blick des »Liebesfräuleins Rebecca« übernommen haben, denn mein Vater sieht mich überrascht, ja, geradezu ein wenig erschrocken an.

Trotzdem nehmen wir als Vater und Sohn gleichermaßen die Wandlung des sonst so selbstbewussten jugendlichen Adolf Hitler wahr:

Ein 19jähriger Junge während seines ersten Liebesabenteuers

- kreideweiß im Gesicht
- mit niedergeschlagenem Blick
- die Arme hängend
- die Schultern nach vorne gebeugt:

ein vor Angst und Scham schlotternder Jüngling, ein Verlierer, kein Sieger – und schon gar nicht der selbstsichere junge Herr Hitler, der er immer sein wollte, wenn er mit seinem elfenbeinbeschlagenen Spazierstöckchen rumfuchtelnd seiner angebeteten Stefanie nachhechelte.

Dies ist die Quintessenz der Beobachtungen von uns beiden, von Vater und Sohn, auf dem fernen Planeten »Tora« nach Beurteilung der Szene in der Wohnung der Jüdin Rebecca!" …..

Plötzlich dreht sich die »schwarze Rebecca« um

- saust in den anderen Raum
- kommt sekundenschnell zurück, in einen Schlafrock gehüllt
- »pflanzt« sich vor dem immer noch stocksteifen »Adi« auf
- zeigt mit ausgestrecktem Arm und Zeigefinger auf das »armselige Ding«, das ein wildgewordener geschändeter Ziegenbock vor 11 Jahren auf einer Wiese im ländlichen Leonding verunstaltete!

Mit funkelnden Augen schreit die »Hure Rebecca« nun los, bar jeder mütterlichen Ausstrahlung:

„Du Ausgeburt der Hölle! Du wagst es mit diesem furchtbaren »Gerät« hier aufzukreuzen!

Willst Du meinen Ruin? Was denkst Du, wenn sich das rumspricht:

- Rebecca mit dem guten Ruf bedient einen Aussätzigen!
- Willst Du uns alle anstecken?
- Hast Du schon mal was von »Gnadentod« gehört?
- Solche »Kranken« wie Dich muss man aussondern, wegsperren – ehe sie sich weiter vermehren und das ganze Volk krank machen!
- Alles, was krank, nicht lebenswert, nicht lebensfähig ist, muss weg! Und Du gehörst dazu!

Ich will Deinen Namen niemals wieder hören, lass Dich hier nicht mehr sehen!

- Es wird der Tag kommen, wo man solche Krüppel wie Dich einfängt und absondert!

Warte, Du wirst es noch erleben. Hau bloß ab, verschwinde und verschwinde aus meinem Leben! Schnapp Deine Klamotten! – Da ist die Tür!"

In »Adi« kommt Bewegung. So schnell wie noch nie schlüpft er in Unterhose, Oberhemd, Hose und Schuhe. Jacke und Unterhemd unterm Arm stürzt er aus dem Zimmer.

„Hier, Du Idiot, Deine dreckigen Socken", und Rebecca wirft ihm diese auf der Treppe nach unten hinterher.

»Adi« kennt nur ein Ziel: Raus aus diesem Haus, weg aus dem elenden Rotlichtviertel, hinaus in die Natur – hinein in den nahe liegenden Stadtpark. Der junge Herr Hitler jagt davon – wie von »Furien« gehetzt.

Es ist November, die Blätter fallen und er bemerkt draußen im Park sogleich den frischen Wind, der heute weht. Ganz plötzlich beginnt es zu regnen, immer stärker und stärker, ein richtiger Wolkenbruch!

»Adi« reißt die Hände zum Himmel.

„Regen, lieber Regen", ruft er,

„wasche mich rein von diesem Sündenpfuhl!"

Er reckt erneut die Arme gen Himmel – und der Regen prasselt – und das Wetter ist laut.

Doch dann wird alles übertönt von dem Schrei des jungen Mannes mit den nach oben gerichteten Armen – klatschnass, während das Wasser über sein schwarzes Haar strömt:

„Du verruchtes Weibsbild, Du, deren Namen ich niemals wieder aussprechen werde.

- Du hast mich beleidigt, mich, Adolf Hitler, den, der dereinst ganze Völker beherrschen wird.

- Du, Weib, bist so abgrundtief schlecht, wie es sich nur der Teufel ausmalen kann. Ja, ein Werk des Teufels bist Du!

- Auch die Brut, die Dich gezüchtet hat, soll dereinst mein Bannstrahl treffen!

- Ich wäre ein Aussätziger, sagst Du, und die Euthanasie solle mich fressen, im Sinne der Ausrottung allen unwerten Lebens!

- Du, Weib, hast mit Deiner Schlechtigkeit Deinen eigenen Untergang heraufbeschworen!

- Das, was Du mir zugedacht hast, soll nunmehr Dich und Deine Brut verschlingen!

Da eine Jüdin derart schlecht ist, muss auch das ganze »Gezücht« der Juden schlecht sein! Es haben also doch die recht, die den Juden »die Pest an den Hals« wünschen!

Noch schlimmer:

- Du, schlechtes Judenweib und Deine Brut,
  Ihr sollt büßen bis zum »Jüngsten Tag«!

- Ich, Adolf Hitler, glaube nicht an Gott, aber ich schwöre, dass ich meine ganze Kraft dafür einsetzen werde, diesen Schwur irgendwann einmal zu erfüllen!"

Und der junge Mann reißt wieder beide Arme gen Himmel, und es schreit aus ihm heraus – gegen den Wind und auch den starken Regen:

„Tod, Dir, jüdische Hure und Deinem ganzen Volk! – Die
Vorsehung wird mich leiten und alles Weitere fügen!"

… Die Gedanken überschlagen sich.

„Der Freund »Gustl« kommt in Kürze", fällt es ihm siedend heiß ein!

„Nur schnell weg. Die Gefahr, dass etwas von dem »Rotlichtdebakel« bekannt wird, ist einfach zu groß. Nur weg aus der Stumpergasse! Und es ist auch höchste Zeit, den eigenen Weg zu gehen, ohne den Musikstudenten Alfred Kubizek!"

Der junge Hitler, er hetzt nach Hause, packt seine Sachen und verabschiedet sich am nächsten Morgen hastig mit den folgenden Worten:

„Auf Wiedersehen, Frau Zakreys, hier ist mein Anteil an der Miete."

„Aber Herr Kubizek kommt doch! Was soll ich ihm nur sagen? Wie lautet Ihre neue Adresse, Herr Hitler?"

„Das werde ich mit Herrn Kubizek schon selber regeln, Ihnen alles Gute, Frau Zakreys."

Und wie im Selbstgespräch murmelt er nicht hörbar vor sich hin:

„Das Leben geht auch ohne Dich weiter, »Gustl«. Ich komme schon alleine klar. Ich brauche keinen Freund!"

Der jugendliche Hitler hat das Bedürfnis allein zu sein – unerkannt neu zu beginnen im Menschengewimmel der 2.000.000. Er möchte unerreichbar sein für alle, die ihn kennen – für Familie, Bekannte und auch den Freund!

Die Hure Rebecca »zwingt« ihn abzutauchen – sich »unsichtbar« zu machen – unauffindbar für jedermann.

Und ein junger Mann, genannt »Adi«, mit Familiennamen Adolf Hitler, verlässt am 18. November die Stumpergasse 29, im Bezirk Mariahilf der Weltstadt Wien des Jahres 1908 und entschwindet ächzend mit seinen bücherbeladenen Koffern.

Hitler und die Nichte »Geli« – Der liebestolle »Onkel Alf« und das kluge Mädchen aus Linz

„Na, »Geli«, wie gefällt Dir das denn hier bei mir, in Deinem neuen Zuhause?", beginnt der »Führer« der nationalsozialistischen Partei Deutschlands das Gespräch.

„Gut, Onkel »Alf«, es gefällt mir sehr gut – und schönen Dank, dass Du mich hier in Dein Neun-Zimmerhaus am Prinz-Regentenplatz 16 in München geholt hast. Ich danke Dir sehr, besonders für das schöne Eckzimmer mit Blick auf das

Prinzregententheater. Es ist doch auch sehr praktisch, wenn wir uns sehen möchten.

Vorher, Du Onkel, in der Thierschstraße Nr. 41, ich im Englischen Garten – so war es doch ein wenig kompliziert. Jetzt ist alles viel einfacher und auch viel schöner – ich fühle mich hier bei Dir richtig wohl!"

Und der Onkel »Alf« und sein Mündel »Geli« sitzen auf einer großen Couch, trinken Tee und blicken in das lodernde Feuer des offenen Kamins. Draußen liegt schon Schnee und drin ist es anheimelnd warm im Januar des Jahres 1931.

»Geli«, mit richtigem Namen Angela Maria Raubal, ist die Tochter von Angela Raubal, einer Halbschwester von Adolf Hitler. Bereits seit 1923 ist Onkel »Alf«, wie er liebevoll von seiner Schutzbefohlenen gerufen wird, ihr amtlicher Vormund.

Nun sitzen die beiden im Pyjama auf der riesige Couch, wobei »Geli« die Beine hochgezogen und mit ihren Armen umschlungen hat. Der Onkel lehnt sich zurück, so dass er nun mehr liegt als sitzt, den Kopf bequem auf zwei Kissen gelegt, die »Geli« untergeschoben hat. Vom Grammofon kommt leise Musik, die verbunden mit dem Knacken des brennenden Birkenholzes die wohnliche Atmosphäre untermalt.

„Noch ein Kännchen Tee, Herr Hitler?", fragt Frau Winter, Ehefrau des Hausmeisters, die urplötzlich hereinkam.

„Reicht das Holz für den Kamin? Oder soll mein Mann noch etwas bringen? Vielleicht Buchenholz, das brennt länger", und sie schickt sich an, Tee nachzuschenken. Doch »Geli« sagt:

„Danke, Frau Winter, ich bediene den Onkel schon – und auch vielen Dank für die herrlichen selbst gebackenen Plätzchen."

„Und auch ich sage schönen Dank, Frau Winter, für das Brennholz und den Tee, alles ausreichend da. Das Stövchen unter der Teekanne hält ja noch Stunden warm. Auch Holz ist genug vorhanden, so dass wir sogar überwintern könnten", macht Hitler den Versuch eines leichten Witzes.

„Und ziehen Sie ruhig die Tür hinter sich zu, wir benötigen heute nichts mehr, ist ja sowieso schon 19.00 Uhr – Gute Nacht", damit ist die weibliche Hälfte des Hausmeisterpaares entlassen.

Man merkt, Hitler möchte mit seiner Nichte ungestört sein.

„Gute Nacht Herr Hitler, Gute Nacht Fräulein »Geli«", und die repräsentative Doppeltür fällt hörbar ins Schloss.

Der Onkel und seine Nichte sind allein.

„Sag, »Geli«, wie denkst Du Dir denn Deine weitere Zukunft? Du bist ja nun bereits eine richtige Frau mit Deinen 22 – und dazu noch eine schöne!"

„Na, na, Onkelchen, willst Du mit mir flirten? Ich denke, dass ich mal eine passable Sängerin werde und mich dann auch selbst ernähren kann."

Beide schweigen ein wenig, doch dann nimmt der Onkel das angeschnittene Thema wieder auf.

„Kannst Du Dir denn nicht vorstellen, ganz bei mir zu bleiben – ich meine für immer – »Gelichen«?"

„Na, Onkel, wie denkst Du Dir das denn? Soll ich mal »Frau Reichskanzler« werden? Dass Du, Onkel, einmal Kanzler des Deutschen Reiches wirst, nachdem Deine NSDAP[20] letzten Herbst bereits zweitstärkste Partei im Lande wurde, das ist ja so sicher wie das »Amen« in der Kirche.

Ich konnte ja Deinen bisherigen Weg zur Macht ganz genau beobachten. Besonders beeindruckend war es, wenn Du mich jedes Mal auf Deinen Wahlkampfreisen mitgenommen hast – und ich, kleine »Geli«, habe dort so viele wichtige und reiche Männer und auch deren Frauen kennengelernt.

Auch der Reichsparteitag in Nürnberg, im August 1927, zu dem Du mich eingeladen hast, war ein riesiges Erlebnis, obwohl dann die anschließende Reise in die großen und bekannten Städte Bayreuth, Weimar, Berlin und Hamburg für mich der eigentliche Höhepunkt war. Du weißt, Onkelchen, ich mache mir nicht so viel aus Politik, aber wie mir damals Dein Chauffeur, Herr Rudolf Heß, alles erklärt hat, das war schon ein besonderes Erlebnis für das ungebildete Fräulein Angela Raubal.

Bei der Mama, die ja damals auch mitfuhr, war das anders. Für sie war natürlich nicht die Städtereise das Höchste, nein für sie war das Allerhöchste die aufstrebende Partei, die NSDAP mit ihrem

---

[20] *NSDAP – Nationalsozialistische Deutsche Arbeiterpartei, 1920-1945, Parteivorsitzender seit 1921 der spätere Reichskanzler Adolf Hitler*

»Führer«, meinem berühmten Onkel", und »Geli« kuschelt sich, wie zum Dank, ganz eng an den Onkel an!

„Siehst Du, »Geli«, Du hast alle meine Parteigenossen betört – Heß, Göbbels, Göring – alle hast Du verzaubert, alle hast Du als Freunde gewonnen, jeder mag Dich – auch die Frauen."

Beide machen erneut eine kurze Pause und gehen eigenen Gedanken nach – doch dann kommt der Onkel auf den eigentlichen Kern des heutigen Gespräches. Er holt tief Luft, als müsse er sich etwas Mut machen und nimmt den Dialog wieder auf.

„Kannst Du Dir nicht vorstellen, immer bei mir zu bleiben, bei Deinem Onkel »Alfi«? Du brauchst nicht neu eingeführt zu werden in unsere »Gesellschaft«, alle kennen Dich, und weil Du so offen, ehrlich und über alle Maßen natürlich bist, wird Dich auch jeder akzeptieren.

Jetzt bist Du 22, und wir beide kennen uns schon so lange. Jetzt ist natürlich der richtige Moment, zu überlegen, ja zu entscheiden, ob Du für immer bei mir bleibst und ob zwischen uns mehr sein kann als unser bisheriges Onkel-Nichten-Verhältnis!"

Und »Geli« antwortet ganz spontan:

„Aber Onkel, da müsste ich ja auch in Dein Bett!"

„Das ist eben »Geli«, wie sie leibt und lebt! Die redet nicht lange drum herum!", denkt der Onkel und registriert für sich, dass das wohl keine eindeutige Absage war.

„Aber Onkel, Du weißt doch", ergreift »Geli« wieder das Wort,

„Du weißt doch, dass ich immer noch »Jungfrau« bin", und sie wird ganz rot im Gesicht, unübersehbar.

„Na, das ist doch nun wirklich kein Problem", antwortet Onkel »Alf« schlagfertig,

„das können wir doch schnell ändern ... ha, ha,", und schlägt sich auf die Schenkel, als wolle er sich für den neuen Witz wiederum belohnen.

Beide machen eine Pause, ganz so, als müsste jeder für sich die Situation noch einmal durchdenken.

„Du weißt, Onkel", beginnt »Geli« erneut,

„Du weißt, Dir ist doch bekannt Onkel, dass ich nicht einmal mit meinem Verlobten, Ferdinand Goldstein etwas hatte, bis zu jenem

Tage, als Du den »Ferdi«, den Mitbegründer der SS mit der Parteimitglieds-Nummer 49 »in die Wüste« schicktest. So böse warst Du, als der Ferdinand um meine Hand anhielt.

Ja, Onkel, so bin ich – große Klappe zu allen Themen, aber in meine »Weiblichkeit« gelangt erst der, der mich geheiratet hat – schon ein bischen altmodisch, nicht wahr, Onkel »Alfi«?"

„Nein, nein »Geli«, da bin ich ganz Deiner Meinung. Die »Sache« zwischen Mann und Frau ist ein gar »heilig Ding«, und so, wie Du es machst, ist es ganz richtig: warten auf die Nacht nach der Hochzeit – wie seit Urzeiten – altmodisch zwar, aber in der heutigen Zeit auch wieder modern!"

„Na, ja", setzt »Geli« die Unterhaltung fort, so als wolle sie das kleine »Sexdummchen« nicht so ganz auf sich sitzen lassen.

„Na ja, Onkelchen, so'n bischen über Sex weiß ich ja schon von Mama, und da war als Neunjährige damals auch mein Schulfreund Karlchen.

Karlchen holte mich immer bei der Mama ab zum »Kuckuck-Spielen«. Karlchen zog sich dann jedes Mal die Hose runter, und auch mein Schlüpfer musste weg. Dann legte er sich im Heu auf mich und hampelte immer so komisch rum – wie so'n »oller Ziegenbock«, ha, ha, ha", und sie lacht schallend.

„ ›So machen es auch Mama und der Papa‹, pflegte Karlchen zu erklären und verlangte dann von mir, dass ich stöhnte, weil seine Mama das auch immer tat. Die soll nach Karlchens Worten ganz furchtbar gestöhnt haben, und Karlchen war sich nicht einmal sicher, ob die Mama vor Schmerzen oder vor lauter Lust stöhnte!

Und »das Karlchen« hampelte auf mir weiter herum, wie ein echter Ziegenbock!"

Während der Onkel sich die ganze Zeit bei der Kindergeschichte noch in der Gewalt hatte, platzt es nunmehr förmlich aus ihm heraus:

„Um Gottes Willen, »Geli«, sprich mir nicht vom Ziegenbock!", zischt der Onkel mit kaum unterdrückter Wut.

»Geli« ist ganz erschrocken, da das Wort Ziegenbock nur ein lustiger Vergleich sein sollte. Doch die willensstarke junge Frau hat sich sogleich wieder im Griff und fährt ganz unbefangen fort:

„Karlchens »Zippelchen« klimperte dann so in der Luft herum, und ich hatte gar keine Lust, das winzige Dingelchen anzufassen –

das war ja auch eigentlich nicht nötig, denn das Karlchen bat mich niemals darum.

Zwei Jahre später war das schon anders. Ich war 11 und da war noch der Franz'l – drei Klassen höher. Franz'l mochte mich und umfasste immer meinen Oberkörper, ganz so, wie es auch Erwachsene bei der Begrüßung tun, wobei er dann seine Wange ganz vertraulich an die meine drückte.

›Das macht man, wenn man sich mag‹, pflegte er mir als Erklärung zu geben.

Dann gingen wir öfter im Wald spazieren, und eines Tages passierte es: Franz'l schaute sich noch einmal prüfend um, ob denn die Luft rein wäre und keine anderen Personen in der Nähe.

›Komm, »Geli«, sieh her, was ich da für ein Spielzeug für Dich habe‹, zieht mich hinter einen Busch, öffnet das Hosentür'l und holt seinen »Zipfelmann« heraus.

Eigentlich hätte ich ja vor Entsetzen und Scham schreien müssen, aber nein, mir entfuhr zu meiner eigenen Überraschung nur ein:

›Donnerwetter! Was für ein »Ding«!‹

Obwohl der Franz'l nur ein klein wenig größer war als ich, erschien mir sein »Zippedäus« gar gewaltig; denn wenn wir Mädchen uns über die Größenverhältnisse der »besten Stücke« unserer Jungen unterhielten, dann galt bei uns eigentlich:

- Kleine Jungen haben »Kleine«!
- Große Jungen haben »Große«!

›Komm, »Geli«, spiel mal ein bischen‹, und er legte meine kleine Hand darauf – und ich lernte, ihm auf diese Weise Freude zu bereiten, wobei der Franz'l dann jedes Mal ganz laut stöhnte. Er stöhnte dann so furchtbar, dass ich mich fragte, ob man wohl derartige Laute von sich gibt, wenn man stirbt.

›Davon kriegt man keine Kinder‹, lachte Franz'l dann.

Dieses Spiel machten wir fast jeden Tag, so lange, bis ihm vorne so'ne Flüssigkeit raus schoss. Danach hörte er dann mit Stöhnen auf.

Anschließend gingen wir ein Stückchen, eng umschlungen, wie ein echtes Liebespaar. Erst als Spaziergänger auftauchten, schlenderten wir wieder getrennt, fein gesittet, ganz so, als wären wir beide die größten »Unschuldsengel«!"

„Das ist ja eine dolle Geschichte, »Geli«", und der Onkel ergreift die Hand des Mädchens und legt sie auf seine Oberschenkel, ganz so, wie es wohl auch die Kinder taten.

„Damit könnten wir beide doch auch mal anfangen, um herauszufinden, ob das »Kuckucks-Spiel« auch uns beiden Spaß machen könnte." Und der Onkel ergreift ganz plötzlich »Gelis« volle Brüste und beginnt vor lauter Wollust grunzende Stöhnlaute von sich zu geben.

„Siehst Du, Onkel, das machte der Franz'l auch immer – griff mir an den Busen, der schon damals gut entwickelt war – dann stöhnte er ganz genau so wie Du jetzt, Onkel »Alf«!"

Gerade will »Geli« dem Onkel in den Schritt greifen, denn die Pyjamahose ist schon mächtig ausgebeult und wirkt daher auf das junge, auch schon erregte Mädchen anziehend, beinahe schon einladend. Doch in diesem Moment stoppt der Onkel abrupt die suchende, auf Entdeckung gehende neugierige kleine Hand! Er ergreift mit festem Griff das Handgelenk, während sich seine Gedanken geradezu überstürzen:

In seinen politischen Reden hat er jedes Mal alles vorbereitet – bis aufs i-Tüpfelchen. Er weiß mit an Sicherheit grenzender Wahrscheinlichkeit wie die jeweilige Wahlkampfveranstaltung abläuft. Jede Nuance ist bis ins Kleinste viele Male in Gedanken und auch praktisch durchgespielt. Der »Große Meister« der Rhetorik, Adolf Hitler, kann die Zuhörer ganz genau einschätzen. Deshalb sind auch seine Wahlerfolge phänomenal. Er hat sich noch niemals geirrt. Seine Voraussagen trafen immer 100prozentig zu.

Doch heute, im Zusammensein mit seiner Nichte, wird der zukünftige mächtige »Führer« der Deutschen völlig von seinen Ängsten beherrscht:

zu einer Einschätzung dessen, was sich in den nächsten Minuten, ja Sekunden, vollzieht, ist er überhaupt nicht in der Lage.

„Jetzt ist der Moment gekommen, der mein Schicksal entscheidet und auch das von »Geli«!

Der verfluchte Ziegenbock!",

murmelt der Onkel – der berühmteste »Onkel« Deutschlands.

»Geli« hört aus dem stammelnden Murmeln des Onkels nur das Wort Ziegenbock heraus und fragt amüsiert lächelnd:

„Aber Onkel, was ist denn nur mit diesem Ziegenbock? Steht etwa ein Ziegenbock zwischen dem zukünftigen »Führer« der Deutschen und dessen Nichte oder ist das so'n Wappentier bei Euch in der Partei?"

„Nein, nein, »Geli«, kein Wappentier, aber Du wirst sehen, dass dieser Bock durchaus etwas mit uns beiden zu tun hat. Ob er gar zwischen uns steht, das werden die nächsten Minuten zeigen!"

„Och, Onkelchen, mach es nicht so spannend, und ich bin ja nun kein Kind mehr und kann einiges vertragen. Löse das Geheimnis auf. Ich bin ganz neugierig. Spann mich nicht so auf die Folter, sonst kommen wir ja niemals zu unserem »Hauptfilm«!"

Der Onkel hat sich nun kerzengerade hingesetzt, die Brust hervorgeschoben, unterstützt durch ein extrem gebogenes Hohlkreuz. Er streicht jetzt die Hose seines Pyjamas glatt – das vorwitzige Zelt im Schritt ist nicht mehr vorhanden, ganz plötzlich verschwunden.

Auch die sexgeladene, durch »Geli« provozierte, erotisierende Stimmung, hervorgerufen durch zwei kleine Kindergeschichten, ist nicht mehr da. Es ist unübersehbar, dass die gesamte abendliche Zweisamkeit der beiden Gesprächspartner in eine entscheidende Phase eintritt.

Der allgewaltige Adolf Hitler ringt nach Luft – ganz kleinlaut wirkt die ansonsten so »mächtige Stimme«, trinkt hastig drei Schlucke Tee, räuspert sich mehrfach und beginnt:

„»Geli«, mein geliebtes Kind, mein Liebes, mein »Ein und Alles«, ich weiß wirklich nicht, wie ich es Dir sagen soll, ich bin irgendwie hilflos und mache es deshalb ganz kurz: Es gibt da ein Problem, ein richtig großes, von dem Du, kleine »Geli«, nichts ahnen kannst", und der Land auf Land ab bekannte Politiker, vor dem die Massen erschaudern, ist sprachlos – sprachlos gegenüber einem kleinen Mädchen, das er liebt!

„Aber, Onkel, Du bist doch sonst so mutig, hast vor niemandem Angst, läufst nicht einmal weg, wenn die rabiaten Kommunisten Deine Freunde blutig schlagen!"

„Meine allerliebste »Geli«, hier geht es nicht um »Schlagen«, sondern hier geht es um »Beißen«!"

„Aber, Onkel »Alfi«, Du willst doch wohl nicht sagen, dass Dich ein Ziegenbock gebissen hat – Hunde, die ganz gemein beißen, gibt es, aber von einem bissigen Ziegenbock habe ich noch niemals gehört!"

Der ansonsten so wortgewaltige Onkel Adolf weiß zunächst nicht, was er sagen soll– nimmt dann aber all seinen Mut zusammen und beginnt erneut:

„Und doch, geliebte Nichte, gibt es das, auch wenn es nach einer Fantasiegeschichte aus dem Land der Indianer klingt, von dem glorreichen Karl May geschrieben. So höre:

Als ich ein kleiner Junge war in meinem Heimatort Leonding, gerademal neun Jahre alt, da wollten wir die Sommerferien mit einem richtigen »Paukenschlag«, etwas Großem beginnen – meine Schulfreunde und ich. Eine Mutprobe sollte es sein:

>>Wer pinkelt dem Ziegenbock auf der Wies'n von Leonding ins Maul?<<

Keiner traute sich, nur ich, der »Adi«! Und dann ist es passiert:

Das Riesenmaul des »Monsters« biss in meinen »Zippedäus«!

Ja, das war damals, vor nunmehr 34 Jahren die Ursache dafür, was Du heute als Folge hier siehst:

Mein Penis sieht jetzt ganz komisch aus, gar nicht so wie der, den Du von Deinem kleinen Freund Franz'l her kennst!"

Der Onkel ist im Gesicht kreideweiß, und die alles entscheidende Frage, die im Raume steht lautet:

-   „Wird die Rache des Ziegenbockes sich durch mein ganzes weiteres Leben ziehen?

-   Werde ich, der große Adolf Hitler und bald der mächtigste Mann unseres so geliebten deutschen Vaterlandes winseln wie ein Welpe vor lauter Angst?

-   Wird der fiese Bock unbarmherzig zurückschlagen – jedes Mal, sobald ich nur in die Nähe einer schönen Frau komme?"

„Aber Onkelchen", klingt »Gelis« Stimme, vergleichbar der Stimme der Mutter, die das ängstliche Kind nach einem bösen Traum trösten möchte.

„Aber Onkelchen, so schlimm kann es doch nun wirklich nicht sein; schauen wir uns das »Dingelchen« doch mal an. Man kann ja viel besser über etwas reden, was man kennt, und nicht über etwas, was man nicht kennt. Keine Angst, Onkel »Alfi«, ich habe ja schon »Zippedäusse« gesehen, wie Du weißt. So wirst auch Du mich nicht erschrecken können!

Komm, Onkelchen, »keine Bange und raus mit der Stange«– ha, ha – das reimt sich sogar!"‚ versucht »Geli« die gedrückte Stimmung etwas aufzulockern durch den kleinen Witz.

„So, »Geli«, jetzt nimm all Deine Kraft zusammen, ich mach's!"

Der Onkel stellt sich hin, zieht die Pyjamajacke hoch und ergreift sie mit den Zähnen.

„Na, der Bauch ist schon mal ganz schön, Onkel »Alf« – ohne jeden Tadel!"

Weiter kommt »Geli« nicht, denn die Hose ist bereits gefallen – liegt auf der Erde – und da hängt er, »**der von einem Ziegenbock Verformte**«!

Der »neue starke Mann« des Deutschen Volkes schließt die Augen und sieht wie in einem Film die vor Wut schäumende Jüdin Rebecca im Wien des Jahres 1908.

„Alles wiederholt sich im Leben!"‚ murmelt der 42jährige Adolf Hitler und sieht mit Schrecken den entsetzten Gesichtsausdruck seiner Nichte.

„Bis eben war sie noch meine »Geli«, doch wessen »Geli« ist sie nun?"‚ schießt die Frage siedend heiß durch sein Hirn!

Da sitzt sie zusammengesunken auf der Couch – völlig starr – den Mund weit aufgerissen, als wäre sie soeben dem leibhaftigen Teufel begegnet.

Obwohl sie sich stark fühlte, auf alles vorbereitet – das hat sie nun wirklich nicht erwartet.

Welch abscheulicher Anblick:
- oben der halbe normale, fleischfarbene Penis
- links unten der »knallrote Knorpelfortsatz«
- rechts der »blutleere schwarze Hautlappen«!

Bei diesem furchtbaren Anblick fallen die normal ausgebildeten Hoden dahinter gar nicht auf.

»Geli« Maria Raubal, das wortgewandte, 22jährige Fräulein aus Linz, das sonst nichts umwerfen kann, ist »am Boden zerstört« – obwohl sie sitzt.

Von der mit sprühendem Witz ausgestatteten, mit der Gabe versehenen jungen Frau, Menschen wie Göring, Göbbels, Heß in Stimmung zu bringen, ist nichts mehr zu erkennen. Voller Entsetzen, mit weit aufgerissenen Augen, starrt sie sekundenlang auf das hängende unförmige Gebilde …

„Onkel »Alf«!“,

schreit sie plötzlich voller Panik und stürmt aus dem Zimmer.

Am nächsten Morgen ist Hitlers Nichte weg! Frau Winter, die Hausmeisterin, sagt auf Befragen, »Geli« habe den Chauffeur angewiesen, sie nach Berchtesgaden zum »Haus Wachenfeld«, zu fahren.

Adolf Hitler, der »Gute Onkel«, tobt!

Einige Stunden später hören in Berchtesgaden die Nachbarn den schrillen Schrei einer jungen Frau sowie danach das deutliche Echo, das von den nahen Bergen widerhallt.

„Mama, Mama!“, mit diesem Ruf stürzt sich »Geli« auf die Mutter.

Die lebenserfahrene Frau sieht sofort, dass dem Kind etwas Furchtbares widerfahren sein muss – zieht die total erschöpfte Tochter sofort ins Haus und fragt voller Ungeduld

„»Geli«, Kind, was ist passiert?“

„Der Onkel »Alf« – der Onkel!“, bricht es aus ihr heraus.

„Es ist so furchtbar! Der Onkel wollte mich zu »seiner Frau« machen und zeigte mir seinen »Zippedäus«. Mama, das glaubst Du nicht, so etwas Furchtbares, derart Entsetzliches, hast Du noch niemals gesehen!“

Die Tochter ist außer sich – schreit, weint, heult und schimpft vor Wut und Scham – alles gleichzeitig! Die Mutter vermag ihr Kind nicht zu trösten, in dem schönen »Haus Wachenfeld« in Berchtesgaden.

Die sonst so starke junge Frau sinkt auf ihrem Sessel zusammen:

„»Geli« Maria Raubal hat einen Nervenzusammenbruch“, ist die nüchterne Diagnose des eiligst herbeigerufenen Hausarztes.

Am nächsten Morgen, beim Frühstück, scheint die Welt schon wieder in Ordnung zu sein.

„Na, mein Kind, wie fühlst Du Dich?"

„Sieh, Mutter, draußen das Panorama der Berchtesgadener Berge – welch majestätischer Anblick. Wie sich dort die letzten Morgennebel lichten, so kommt nun auch Licht in mein Inneres – alles wird klar, genau so wie der neue Tag."

„Kind, sprich nicht so in Rätseln. Iss Dich richtig satt, und erkläre mir dann, wie das mit Onkel »Alf« weitergehen soll."

„Ja, Mama, da brauche ich mich nicht erst zu stärken, ich kann sogleich beginnen." – Und »Geli«, die Tochter, fängt zu reden an, und die Mutter hört gespannt zu.

„Sieh, Mama", und die Tochter lächelt schon wieder, hat offenbar in ihr so unerschütterliches Selbstvertrauen zurückgefunden.

„Sieh, Mutter", beginnt sie erneut, und das Lächeln ist fort. Mit ernster Mine spricht sie ganz langsam weiter,

„nach dieser so erholsamen Nacht ist alles »sonnenklar« – so fest wie dort und unverrückbar unsere geliebten Berge stehen, so unverrückbar ist auch mein Entschluss:

Meine Zukunft findet ohne Herrn Hitler statt! – »Geli« Maria Raubal wird niemals »Frau Reichskanzler« werden! Wie der Morgennebel nun fort ist, so ist auch jener Schleier weg, der mein verklärtes Inneres nur schemenhaft sichtbar werden ließ – ich erkannte ja nicht einmal mich selbst – so verblendet war ich. Jetzt sehe ich alles überdeutlich:

- Onkel »Alf« ist ein solcher Egoist, neben dem ich das niemals aushalten könnte.

- Hat möglicherweise jener Ziegenbock, der seinen Penis zu einem regelrechten Albtraum für jede Frau machte, etwas zu tun mit dem Judenhass und seiner vernichtenden Wut auf Alles und Jeden, was nicht seiner Meinung ist? – Oder hast Du, liebe Mama, noch nichts gehört von der Begegnung des 9jährigen Onkel »Alf« mit dem Ziegenbock von Leonding?

- Die äußere und die innere Männlichkeit des Herrn Hitler sind offenbar seit jenem Biss des Bockes in seinen Penis so verletzt, dass er nach außen nur noch mit Hass und mörderischer Aggression agieren kann. Der Onkel ist derart böse, dass es für den Begriff »böse« keine vorstellbare Steigerung mehr gibt.

So, wie Onkel »Alf« schon als 9jähriger gegenüber dem Ziegenbock durch Urinieren in dessen Maul Gewalt ausübte, so hat das Tier sich durch die totale Verschandelung seines »Zippedäus«, gerächt:

Liebe erzeugt nicht notwendigerweise wieder Liebe,
aber Gewalt erzeugt immer wieder Gewalt!

Mit einem solchen Monster, wie es nunmehr Onkel »Alf« innerlich und auch äußerlich ist – mit einem solchen Wesen kann ich niemals gemeinsam leben – schon gar nicht im Bett zusammen sein!"

„Aber, Kind", wirft die Mutter ein und wirkt erschrocken über das, was ihre »Geli« da von sich gibt.

„Höre bitte weiter, liebe Mutter, wie ich mir ohne Onkel »Alf« meine Zukunft vorstelle:

Zu allem Unglück, kommt noch dieses Weibsstück hinzu, diese Eva Braun. Mit diesem jungen Ding, eben erst 19, turtelt der Herr Hitler schon Monate lang herum. Trifft sich mit dieser »Kindfrau«, schenkt Süßigkeiten und umschwärmt den Lehrling des Fotogeschäfts Hoffmann.

Man hat den Eindruck, als wolle Onkel »Alf« mit der Jugend dieser Pute und auch meiner Jugend all seine eigenen Unzulänglichkeiten überdecken.

Den Schrei der »Foto-Tussi« höre ich schon heute, wenn der »Superpolitiker« auf Knien seine Liebe heuchelt, dann aufsteht, die Hosen runterlässt und ihr sein »Penis-Monster« präsentiert!

Vor lauter Entsetzen kann dann ein junges Ding eigentlich nur noch Selbstmord begehen: Tabletten reinschaufeln oder sich erschießen!"

„Aber Kind", wirft die Mutter ein,

„bedenke doch, was Du dem Onkel »Alf« alles zu verdanken hast, und auch ich. Immerhin holte er mich als Wirtschafterin ins »Haus Wachenfeld« – und das in einer Zeit, da uns 1928/29 alle die Weltwirtschaftskrise traf und in Deutschland und Österreich die Arbeitslosenzahlen ins Unermessliche stiegen.

In dieser schweren Zeit hat der Onkel seine Familie nicht vergessen und uns Arbeit, Brot und ein überaus schönes Zuhause gegeben!"

„Das ist es ja, Mutter, während Du für den Herren schuftest und er die Tochter in sein Bett schleifen möchte, da hurt der »Mistkerl Hitler« ganz unbeschwert und in aller Öffentlichkeit mit der kleinen Braun herum.

Auch ich habe meine Zuträger; es sind genug Leute da, die mir, »Geli«, diese Schmach nicht gönnen – glaube mir, Mutter, ich weiß alles!

Dieser Fremdgänger hält sich ein »zweites Feuer« warm – doch glaube mir, Mutter, dieses Feuer glimmt nur, es wird niemals als Liebesfeuer erstrahlen! Ein »weiser Ziegenbock« lässt nicht einmal eine zaghafte Glut zu. Jenes geschändete Tier aus Leonding sorgt beim Schänder immer wieder erneut für große Furcht und lähmende Scham vor jeder neu auftauchenden Frau:

»Die Erinnerung an ein schwaches Haustier beherrscht den Mann, der dereinst ganze Völker beherrschen möchte!"«

„Aber Kind", meldet sich wieder die Mutter zu Wort,

„versündige Dich nicht am Herrgott!" – Und die Tochter kontert voller Schärfe im Ton, was gegenüber der Mutter noch niemals geschah.

„Der Herrgott hat vor 33 Jahren den Ziegenbock nicht vor einem perversen Jungen geschützt – genauso schützt der Herrgott heute nicht den inzwischen erwachsenen Perversen vor der Rache jenes geschändeten Tieres – das, liebe Mutter, ist die Gerechtigkeit unseres Herrgottes!"

„Mein »Gelichen«, wie soll ich Dir nur helfen, Du bist ja so voller Hass – und so ungerecht gegenüber unserem großen Wohltäter!"

Doch die Tochter lässt sich von ihrem eingeschlagenen Weg, auch von den Argumenten der Mutter nicht abbringen – nicht einen »Deut« – und fährt fort:

„Vorgestern öffnete mir der Herrgott über ein Tier die Augen, liebste Mutter. War ich zunächst noch zeitweise geblendet aufgrund meiner rasenden Eifersucht gegenüber Eva Braun, so hatte ich aber dem Onkel bereits innerlich wieder verziehen, als er wirklich lieb und vertrauensvoll um meine Hand anhielt. Doch dann gestattete mir der Herrgott mit Hilfe eines Tieres, meinen weiteren Lebenspfad zu erkennen. Ein Ziegenbock aus dem ländlichen Leonding wies mir den Weg in meine Zukunft mit dem unumstößlichen Rat:

- ›**Eine Zukunft habe ich,** »**Geli**« **Maria Raubal, nur dann, wenn ich mich aus den Klauen des bösen Onkels befreie.**
- **Ich muss weg aus dem Prinzregentenplatz 16 in München – und zwar für immer!**‹

„Kind, »Geli«, Onkel Adolf wird Dich nicht so einfach ziehen lassen. Er ist nicht der Mann, der ein Spielzeug anderen überlässt. »Geli«, Kind, die Sache ist äußerst gefährlich! Onkel Adolf, Göbbels, Göring und alle anderen werden das nicht zulassen. Die Gefahr, dass Du etwas ausplauderst ist viel zu groß. Sie, die Mächtigen, werden alle Angst vor Dir haben. Immerhin stehen die NSDAP und ihr »Führer« an der Schwelle der Macht.

»Geli«, Kind, Du schwebst in allerhöchster Lebensgefahr – Du weißt einfach zu viel!"

„Das ist mir schon klar, Mama, und ich werde auch etwas vorbeugen, etwas für meine eigene Sicherheit tun. Nicht umsonst hat mir Herr Göbbels damals den Spitznamen »Geli, die Unerschrockene« gegeben, als wir mit ihm in den Ferien auf der Insel Helgoland waren und ich mich »todesmutig« in das eisige Nordseewasser stürzte. Erinnerst Du Dich noch, Mutter?

So höre, Mama, zum Schluss: Ich werde weiter im Haus des Onkels wohnen, bis er mich vielleicht eines Tages in Freundschaft gehen lässt, mein liebevoller »**Gefängniswärter**«.

Vielleicht löst sich ja in Kürze alles ganz von selbst auf, falls er seine »neue Flamme«, das Fräulein Eva Braun, wider aller Erwartungen doch zum »Lodern« bringt. Denn er braucht unbedingt eine Partnerin, das hat er mir schon mehrmals ganz unmissverständlich gesagt. – Und ich, »Geli«, werde dann völlig bedeutungslos für den Herrn – komme möglicherweise frei auf dem Umweg über seinen neuen Liebling Eva.

Auch die Wahlkampfveranstaltungen werde ich mit Onkel »Alf« weiterhin besuchen und die großen Männer seiner Partei zum Lachen bringen; das beherrsche ich ja bis zum »ff«! Dazu muss ich mich nicht einmal verstellen, nein, dieses Talent ist mir angeboren – und selbst der mächtige Onkel kommt manchmal in Stimmung, wenn er sich dann vor lauter Begeisterung auf die Schenkel klatscht.

Trotzdem werde ich, wie schon gesagt, etwas für meine eigene Sicherheit tun, falls die ganze Geschichte doch eskalieren sollte und der Onkel mich nicht freigibt.

Dazu benötige ich dann für den Notfall ein einfaches Mittel, mit dem ich diesem feinen Herrn die »eigene Pistole auf die Brust setzen kann« – ganz einfach – ich werde ihn erpressen mit meinem intimen Wissen über ihn und seine Machenschaften!

Ich weiß ja so viele Dinge, die dem Onkel glatt die Karriere und der NSDAP die Macht versauen könnten: Ich werde alles, was ich weiß, haarklein aufschreiben und Dich, liebe Mama, bitten, alle Aufzeichnungen zu verwahren.“

Die Tochter umfasst die Mutter liebevoll und kommt zum Schluss:

„Bei Dir, liebe Mama, sind die brisanten Unterlagen dann absolut sicher. Du wirst mich nicht verraten, Du bist ja meine Mutter!“

Und das vertrauensselige Fräulein »Geli« Maria Raubal, weiß nicht, dass es soeben sein eigenes Todesurteil ausgesprochen hat!

Operation »Schwalbenflug« – Das Todesurteil für »Geli« Raubal

Joseph Goebbels hat recht behalten!

Er hat die Liaison Adolf Hitlers mit »Geli« Raubal bereits 1925 richtig eingeschätzt, als alles begann.

Er, der Studierte, mit den Fächern Germanistik, Altphilologie und Geschichte fiel Hitler schon damals auf, als dieser den redegewandten kleinen Mann mit dem »Klumpfuß« kennenlernte.

Außer Hitler, und vielleicht noch Heß, mochte keiner aus dem Führertross diesen Neueinsteiger – den »Kopfgesteuerten«, wie sie ihn nannten.

Im Verlaufe der Festungshaft Hitlers im Gefängnis Landsberg war die Bewegung der NSDAP so gut wie »tot«, weil auch verboten. Die Neugründung der Partei gelang erst wieder am 27. Februar 1925. Zudem hatte Hitler bis 09. März 1925 Redeverbot in Bayern. Hinzu kommt, dass Hitler seit dem 30. April 1925 staatenlos war, weil ihn Österreich, auf eigenen Antrag, aus der Staatsbürgerschaft entlassen hatte.

In dieser Zeit des Neubeginns, des Umbruchs der »Hitlerbewegung«, die sich ja keinesfalls wieder etabliert hatte, umging Joseph Goebbels das nach dem Hitlerputsch 1923 erlassene Parteienverbot.

Er gründete bereits 1924 als Tarnorganisation in Mönchengladbach eine »Ortsgruppe der Nationalsozialistischen Freiheitsbewegung Großdeutschlands«. Zudem engagierte er sich als Schriftleiter bei der Wochenzeitung »Völkische Freiheit«.

In dieser Zeit war er bereits Hitlers Vertrauter und alsbald auch »Zuträger« aus dem antikapitalistischen Flügel der NSDAP um Gregor und Otto Strasser. Hitler erfuhr von Goebbels alles haarklein, was diese Gruppe gegen die zentralistische Parteiführung Adolf Hitlers zu unternehmen gedachte – obwohl Göbbels dieser Gruppe zunächst selbst angehörte.

Ein zweiter Mann tauchte ebenfalls 1925 im »Dunstkreis« des »Führers« auf: Martin Bormann, der Sohn eines ehemaligen Militärmusikers.

Anfangs noch nicht Angehöriger der NSDAP wurde er aber Mitglied des »Weimarer Frontbanners« unter der Leitung von Ernst Röm.

Bezeichnenderweise war auch Bormann, genau so wie Goebbels, »Zuträger« für Hitler, denn der »Führer« zeigte sich höchst interessiert am Werdegang der später mächtigen SA[21], den gefürchteten »Braunhemden« und insbesondere am Agieren des Leiters der Sturmabteilung Ernst Röm.

So hatten bereits sehr frühzeitig Hitler, Goebbels und Bormann ein mächtiges Bündnis gebildet, wobei Goebbels und Bormann ihrem »Führer« die Treue schworen – die Treue über den Tod hinaus!

Zu diesem »Dreierpakt« gesellte sich noch Heinrich Himmler, der schon sehr früh durch sein Organisationstalent auffiel. Es entstand jenes »Kleeblatt«, das alsbald die Geschicke des Deutschen Volkes und der »Welt« als ein verschworener »Geheimbund« bestimmte.

Diese Drei waren die einzigen Menschen, die Hitler geduldig anhörte – die einzigen Personen, die er insgeheim »meine Freunde« nannte.

---

[21] *SA – Sturmabteilung. Sie war die paramilitärische Kampforganisation der NSDAP während der Weimarer Republik, später auch »Hilfspolizei« im 3. Reich.*

Diese Drei waren auch die einzigen Männer, die den »Führer« unbekleidet gesehen hatten – ihnen hatte er sein großes körperliches Gebrechen offenbart!

So war es dann der Taktiker Joseph Goebbels, der die Gefahr, die von Angela »Geli« Raubal für die Sache der NSDAP und ihres »Führers« ausging, sofort erkannte.

Seit »Geli« bereits als 15jährige Hitlers Mündel wurde, festigten sich die familiären Kontakte der beiden immer mehr. Das Verhältnis zwischen dem etwas »steifen Onkel« und dem herzlichen und offenen »Naturkind« aus Linz wurde immer enger.

Bereits während der Festungshaft hatte »Geli« ihren inhaftierten Onkel am 17. Juni 1924 mit der Mutter und Bruder Leo besucht.

»Geli« machte sich danach richtig wichtig, indem sie die enge Nähe und ihre persönlichen Kontakte zu ihrem berühmten Onkel »Alf« wirksam in ein überhöhtes Licht stellte. Besonders gegenüber ihren Klassenkameraden prahlte sie mit der Nähe zu ihrer familiären Berühmtheit.

Dem Vollblutpolitiker Goebbels war nicht entgangen, wie schnell ein Mann mit dem berühmten Namen »Hitler« dem Charme des so natürlichen, aber auch klugen Mädchens verfiel.

Joseph Goebbels, dem Mann mit dem kleinen Körper, aber dem großen Verstand – dem Politikertalent, das »das Gras wachsen hörte« – war sofort klar, in welche Gefahr dieses schlagfertige Mädchen die Partei, ihren »Führer« – ja, die ganze »Große Sache« bringen konnte.

Sehr schnell bemerkte er auch wie aus den familiären Bindungen ein überaus festes persönliches »Band« entstand.

Ihm, dem genauen Beobachter, dem begnadeten Analytiker mit der angeborenen Redegewandtheit wurde mit der wachsenden Intimität der Beziehung Hitlers zu »Geli« die Gefahr bewusst, die ihn und alle Parteigenossen zu verschlingen drohte.

Diese verglich er immer wieder mit einem Schiff, das auf Kollisionskurs liegt. In diesem Bild fungierte Hitler als Kapitän, der mehr und mehr durch seine hübsche Assistentin im übertragenen Sinne vom Kurs abgebracht wurde. Liebestoll vernachlässigte er seine Seekarten, vergaß die Führung der Mannschaft und drohte das Schiff auf Grund zu setzen. Der Verlust von Schiff und Mannschaft war für ihn das Menetekel einer zugrunde gehenden Partei. Der gesetzte Kurs auf

Machtergreifung und Umgestaltung des Deutschen Reiches war in höchster Gefahr.

„Irgendwann hat das kleine Fräulein »Geli« Raubal uns alle in der Hand", so Goebbels.

„Deshalb muss bereits am »Anfang der Reise« kräftig gegengesteuert werden. Es ist unbedingt notwendig, beizeiten einen **Rettungsplan** zu erarbeiten, der das »Schiff Machtergreifung«, seinen »Kapitän Adolf Hitler« und die »Mannschaft, rekrutierend aus der NSDAP«, schützt", weiß der weitsichtige Joseph Goebbels bereits im Jahre 1925!

So war schon damals für den Fall, dass das Liebesabenteuer des Herrn Adolf Hitler mit der »Kindfrau« »Geli« Raubal irgendwann einmal tatsächlich »aus dem Ruder« laufen sollte, die Notwendigkeit entstanden, frühzeitig jenen genannten Plan auszuarbeiten.

Goebbels war in dieser Sache äußerst klarsichtig, denn nach Hitlers Philosophie von Partnerschaft hatte die Frau dem Mann ergebungsvoll zuzuhören und auch begeistert zu applaudieren – egal bei welchem Thema.

Das Fräulein »Geli« hörte aber nicht ergebungsvoll zu, und es applaudierte auch nicht. Im Gegenteil, dieses junge Mädchen sagte bereits mit Siebzehn ganz deutlich, was es von Politik hielt: nämlich gar nichts!

So war es dann nach Überzeugung des Joseph Goebbels zwingend notwendig, jenen Rettungsplan vorzubereiten und man gab ihm das Codewort

»Schwalbenflug«!

An diesem Plan arbeiteten zunächst nur Goebbels und Bormann, bis dann, wie bereits gesagt, später noch Himmler dazukam.

Wegen der Brisanz dieser Angelegenheit gab es keinerlei Aufzeichnungen – nicht einmal Stichworte. Es wurde dazu auch niemals telefoniert. Alle Absprachen waren nur mündlich und auch in Nuancen keiner weiteren Person bekannt – nur dem inneren Kern!

Jetzt, im Februar 1931 ist es so weit!

Der Rettungsplan »Schwalbenflug« ist brandaktuell geworden, wobei Hitler den Dialog zu diesem Thema wie folgt beginnt:

„Mein lieber Joseph Goebbels, ohne Vertraute kann kein »Führer« bestehen, weder Alexander, noch Napoleon und auch nicht Friedrich der Große waren dazu in der Lage – und schon gar nicht ein »Adolf Hitler« in der verworrenen heutigen Zeit.

Wir beide und natürlich auch Bormann und Himmler wollen Deutschlands Zukunft so gestalten, dass alles, aber auch alles klar und deutlich geregelt ist. Um dieses Ziel zu erreichen, ist es notwendig – wie wir vier uns einig sind – die absolute Gewalt bei mir, dem »Führer«, zu bündeln.

Diese alles beherrschende Gewalt herzustellen und zu bewahren, ist unser erklärtes hochheiliges Ziel. Auf dem Weg dorthin hat sich alles, absolut alles, unterzuordnen. Es gibt dann nur noch »eine Meinung« und auch nur einen »Befehlsgeber«.

Jeder Mann und auch jede Frau sind nur noch dazu da, um zu gehorchen:

Befehle zu empfangen und Befehle auszuführen beim Beschreiten des Weges zu unserem glorreichen 1000jährigen Reich!

Mein lieber Joseph Goebbels,

es muss jeder Andersdenkende eliminiert werden, ohne Ansehen der Person!

Jeder Mann, aber auch jede Frau, der oder die in Opposition zu unserer Bewegung tritt, alle, die auch nur »aufmüpfen«, uns nicht unterstützen, enden am Galgen, unter der Guillotine oder im Kugelhagel des Erschießungskommandos. Und wenn die Kugeln uns zu wertvoll sind, weil wir Krieg führen, nehmen wir Gas. Nur mit überaus strenger Hand, ohne jede Gnade gegenüber unseren Feinden, werden wir siegen!

… Dass gerade ich, der »Führer«, jetzt gefordert bin, meinen eigenen Worten Taten folgen zu lassen, ist schon eine merkwürdige Fügung des Schicksals.

Ich bin gezwungen, mich von dem Liebsten, was ich habe, zu trennen. Ich muss wohl mein »Herzblatt« vernichten, es opfern für unsere Sache – hören Sie nun, mein Freund Goebbels, was da auf uns zukommt.

Gestern Abend besuchte mich die Mutter von Fräulein Raubal und eröffnete mir:

›Meine Tochter »Geli« hat alles haarklein aufgeschrieben, was sie weiß – einfach alles! Damit beabsichtigt sie, die Partei und ihren

»Führer« zu erpressen, um ihre Freiheit zu erlangen – dieses dumme vorlaute »Ding«!‹

Erschwerend kommt hinzu, dass »Geli« mein vom Ziegenbock verstümmeltes Geschlechtsteil kennt, weil ich es ihr in Anwandlung einer Liebesschwärmerei für eine gemeinsame Partnerschaft im vorigen Monat gezeigt habe.

Somit kommt zu unserer Rettung und meiner Ehrenrettung nur noch der seit 1925 erarbeitete Rettungsplan zur Anwendung!

Bitte, mein Freund Joseph Goebbels, tragen Sie mir die aktuelle Version des Planes mit dem Codewort »Schwalbenflug« noch ein Mal vor", und Goebbels beginnt:

„Mein »Führer«, Bormann und auch Himmler stimmen in der Beurteilung der leidigen Angelegenheit mit mir absolut überein. Es gibt unter uns auch nicht die kleinste Divergenz. Das Ihnen mitzuteilen, mein »Führer«, haben beide mir ausdrücklich aufgetragen und auch Sie , meinen »Führer«, herzlich zu grüßen.

Zur Sache darf ich ausführen:

Als eine Art »Vorsehung« ist Ihnen, mein »Führer«, Ihre Freundschaft mit Ferdinand Goldstein gegeben, ihn, den Sie 1925, mit der Parteimitglieds-Nr. 49, zum Inspekteur der neugegründeten SS machten.

»Ferdi«, wie Sie Ihren besten Freund in aller Öffentlichkeit nannten, war seit 1921 Ihr Chauffeur und unentbehrlicher, unerschrockener Kämpfer bei allen Saalschlachten mit den Kommunisten.

»Ferdi« ging auch mit Ihnen in die Haft auf der »Festung Landsberg«, musste dort sogar länger bleiben als Sie – Ihr treuer einziger Duzfreund!

Schon sehr früh haben wir Ferdinand Goldstein, mit Ihrem Einverständnis, mein »Führer«, angewiesen, dem Fräulein »Geli« Raubal, den Hof zu machen – und Fräulein Raubal erwiderte die Annäherung des gut aussehenden, Gitarre spielenden Herrn.

In dieser, von uns »getürkten« Herzensangelegenheit, lief alles wie am Schnürchen!

Obwohl wir zunächst einige Bedenken hatten, dass das Fräulein »Geli« wegen ihres so selbstsicheren Auftretens nicht »herumzukriegen« wäre – sehr ungewöhnlich für ein junges Mädchen, das schon zu allen möglichen Dingen eine eigene

Meinung hat und das auch artikuliert – hat sich das am Ende jedoch als gegenstandslos erwiesen.

Diesen Charakterzug zeigte sie schon, als sie damals 1927 mit ihrer Abschlussklasse »8A« und den Lehrern für Geschichte, Prof. Hermann Toppa und für Deutsch, Michael Watschinger, Sie mein »Führer,« besuchte.

War es noch löblich, dass sie die Acht-Tagesreise nach München, zum Ende ihrer Schulzeit mitplante und als krönenden Abschluss den Besuch bei dem »Sohn Österreichs«, Adolf Hitler, ihrem berühmten Verwandten, vorschlug, so war es dann schon gar nicht mehr löblich, dass sie die Beziehung zu Ihnen, mein »Führer«, wie folgt beschrieb:

›Adolf Hitler ist für mich nur der »Liebe Onkel« und nur zufällig Politiker. Ich selbst bin eine völlig apolitische Frau!‹

›Oh, wenn Du doch geschwiegen hättest‹, pflegte mein Lehrer zu sagen, wenn wir so vorlaut waren wie das Fräulein »Geli«!

Ich vertrat schon damals die Meinung, dass jemand, der solche Äußerungen in aller Öffentlichkeit trifft, wohl schwerlich »Frau Reichskanzler« werden kann.

Und dieses Beispiel zeigt ganz besonders, wie vorausschauend und auch notwendig Ihr Befehl, mein »Führer«, bereits 1925 war, um die Abwehrmaßnahmen im Sinne von »Schwalbenflug« zu starten.

Hinzu kam, dass das Bestehen der Reifeprüfung unter lauter Jungen, am 24. Juni 1927, am Linzer Akademischen Gymnasium bereits andeutete, dass auf des »Führers Privatleben« möglicherweise eine äußerst schwer zu »führende« Person zukam!

Ferdinand Goldstein hatte fast täglich Kontakt mit Fräulein Raubal, weil er als Chauffeur die »Gesellschaft Hitler« zu allen privaten Picknicks, aber auch zu den Wahlveranstaltungen fuhr. Er kannte Fräulein »Geli« deshalb schon seit Jahren und spielte seine Rolle als Liebhaber sehr überzeugend. Möglicherweise war auch etwas Sympathie mit im Spiel. Ansonsten brauchte sich der Ferdinand Goldstein hinsichtlich des weiblichen Geschlechts gar nicht anzustrengen – ihm flogen die Frauenherzen nur so zu.

Ich, Goebbels, kann nach eingehender jahrelanger Beobachtung dem Verhalten des »Ferdi« nur meine Hochachtung entgegenbringen, denn er vergaß niemals, dass er nur eine Aufgabe erfüllte, und dass die Frau, um die er sich zu kümmern hatte, seinem »Führer« gehörte.

Hier zeigt sich Ihre Weitsicht, mein »Führer«, dass Sie neben Bormann, Himmler und mir auch Ferdinand Goldstein Ihnen gegenüber Gehorsam über den Tod hinaus schwören ließen, mit der Folge:

1. Ferdinand Goldstein bringt Fräulein »Geli« dazu, ihn als Mann zu mögen – 1926 wird sogar Liebe daraus.

2. Mehrfach spricht »Ferdi« öffentlich zu anderen Personen, so auch zu mir, sogar im Beisein eines Zeitungsreporters. Er beklagt dabei seine unglückliche Liebe, die ja bekanntlich keineswegs von Ihnen als Vormund gebilligt wird.

3. Anfang 1927 bittet Goldstein »Geli«, seine Frau zu werden – »Geli« stimmt zu, und man verlobt sich.

4. Zu Weihnachten 1927 bittet Ferdinand Goldstein Sie, den Vormund, um die Hand Ihrer Nichte.

5. Sie, mein »Führer« lehnen den Heiratsantrag ab und machen Goldstein eine fürchterliche laute Szene in aller Öffentlichkeit – besonders gut und überzeugend gespielt vom besorgten Vormund. Meine Hochachtung für Sie, mein »Führer«, wegen der absolut starken und glaubwürdigen Schauspielleistung!

   Jeder Zuhörer, insbesondere die Presse, musste annehmen, dass nicht mehr viel fehlte bis zum Schwingen der Reitpeitsche gegen den völlig erschrockenen Heiratswilligen. Auch bei ihm, dem »Ferdi«, war großes Schauspieltalent zu sehen. Niemand anders hätte derart überzeugend Angst und Erschrecken vor der drohenden Peitsche inszenieren können. Ich sehe immer noch die weit aufgerissenen angsterfüllten Augen!

6. Sie als Vormund, mein »Führer«, diktieren für den 31jährigen Goldstein und Ihr 19jähriges Mündel eine zweijährige Wartezeit bis zur Heirat.

7. »Geli« schreibt ihrem Ferdinand glühende Liebesbriefe.

8. Sie als »Führer« der NSDAP kündigen Ferdinand Goldstein als Chauffeur und entziehen ihm alle Parteiämter, verbannen ihn aus Ihrer Umgebung.

9. Zu einem weiteren vorgetäuschten Bruch zwischen Ihnen und Goldstein kommt es zunächst nicht.

10. Ich und meine Halbschwester fahren mit »Geli« und deren Mutter 1928 in die Ferien auf die Insel Helgoland.

Mein Kommentar nach intensiver Beobachtung während dieser Zeit: Ferdinand Goldstein ist bei seiner ehemaligen Verlobten bereits abgemeldet und auch vergessen!

11. »Geli« Maria Raubal steigt bereits Anfang 1928 zur ständigen Begleiterin des berühmten Onkels auf, verzaubert den gesamten »Kreis« um Sie, mein »Führer«, durch ihr liebenswertes natürliches Wesen.

12. Goldstein widerspricht der von Ihnen verfügten fristlosen Kündigung als Chauffeur und verklagt die NSDAP als seinen Arbeitgeber. Er gewinnt vor dem Arbeitsgericht und erhält eine Abfindung.

Außer uns ist niemandem bekannt, dass auch dieser Prozess von uns eingefädelt wurde. Insbesondere weiß kein Außenstehender, dass Herr Goldstein nach Erhalt der Abfindung diese sofort an uns zurückzahlte, nämlich auf ein Geheimkonto der NSDAP.

Ferdinand Goldstein, der gefeuerte Parteigenosse, der für die Öffentlichkeit klar erkennbar Ihnen, Adolf Hitler, das Mädel entreißen will, der gegen die eigene Partei wild um sich schlagend ankämpft - Ferdinand Goldstein, der Parteigenosse Nr. 49, der den Kommunisten, Sozialdemokraten und anderen Argumente im politischen Kampf gegen seine eigenen Freunde in der NSDAP und insbesondere gegen seinen Duzfreund, nämlich Sie unseren »Führer«, liefert – dieser Ferdinand Goldstein hat sich urplötzlich vom Duzfreund zum erklärten Feind gewandelt und das in aller Öffentlichkeit!

Damit ist Ferdinand Goldstein der ideale Vollstrecker unseres Planes mit dem Codewort »Schwalbenflug«!

Der »Ferdi« wird es also tun!

Er wird die unbequeme, zur Gefahr gewordene »Geli« Maria Raubal zum Schweigen bringen!

Er wird das vorlaute Fräulein aus dem Leben schaffen!

Auf ihn, Ferdinand Goldstein als Täter, den von Ihnen, Adolf Hitler, gedemütigten Verlierer um die Gunst »Geli« Raubals, wird niemand kommen!

Nunmehr darf ich noch einige technische Details vortragen:

Langfristig vorgesehen für die Aktion ist der 18. September 1931, wenn Sie, mein »Führer«, zu der Großveranstaltung nach Hamburg fahren.

Sie, mein »Führer«, werden dann die Nachricht vom Tode Ihres Mündels wahrscheinlich auf der Höhe von Nürnberg erhalten. Sie kehren sofort um und werden dann mit überhöhter Geschwindigkeit nach München zurückkehren.

Die Polizei ist schon heute instruiert und darauf vorbereitet, Ihrem Fahrer ein Strafmandat wegen zu schnellen Fahrens auszustellen.

Damit wäre auch die so wichtige Frage nach dem Alibi des »Führers« erledigt – wie immer, »die Polizei, Dein Freund und Helfer!«

Tatwaffe ist Ihre Pistole, mein »Führer«, eine Walther vom Kaliber 6,35 mm, die wie immer unverschlossen in der Schublade in Ihrer Wohnung, unmittelbar neben dem Zimmer von Fräulein Raubal, liegt.

Das Hausmeisterehepaar Winter nutzt Ihre Abwesenheit für Besorgungsgänge. Das große Haus am Prinzregentenplatz Nr. 16 ist leer – Fräulein »Geli« Raubal ist allein!

Auch Ferdinand Goldstein nutzt die Abwesenheit seines ehemaligen Arbeitgebers. Er wird das Fräulein Raubal in Begleitung deren Mutter besuchen.

Ihn und die Mutter wird Fräulein »Geli« einlassen und sich sicher über das unverhoffte Kommen ihres ehemaligen Verlobten freuen, denn ganz haben beide niemals die Verbindung abgebrochen, wie wir sicher wissen.

Die offizielle Version über den Tathergang wird am nächsten Tag lauten:

›**Die Nichte von Adolf Hitler, Fräulein Maria »Geli« Raubal, hat sich mit der Waffe ihres Vormundes durch Erschießen das Leben genommen!**‹

Sie, mein »Führer«, geben später an, vor Ihrer Abreise nach Hamburg eine kleine Meinungsverschiedenheit mit Ihrem Mündel gehabt zu haben – es ging um eine von Fräulein »Geli« geplante Fahrt nach Wien.

Von dieser leichten Auseinandersetzung wird auch das Ehepaar Winter der Polizei berichten, weil des »Führers« Worte an Fräulein Raubal wegen einer gewissen Lautstärke nicht zu überhören waren. Somit geben Sie, mein »Führer«, nur etwas zu, was sowieso bekannt ist!

Sie, mein »Führer«, reagieren danach entsetzt etwa mit den folgenden Worten:

- ›Was ist nur in dem Kind vorgegangen?‹
- ›Weshalb hat es mir diesen großen Kummer angetan?‹
- ›Die Art und Weise, in der die von uns allen geliebte »Geli« von uns gegangen ist, empfinde ich, der Onkel, als entsetzlich, geradezu unfassbar – wir haben keinerlei Erklärung für die Tat!‹

Die Polizei wird die Akte »Selbstmord der Angela Maria Raubal« recht bald schließen, und Sie, mein »Führer«, können ganz beruhigt wie geplant, zur Großveranstaltung nach Hamburg fahren.

Die gesamte traurige Angelegenheit um den Tod des Fräulein Raubal ist absolut »wasserdicht« – selbst Sozialdemokraten und Kommunisten können nur Lügenparolen verbreiten – ihre Geschichten werden sich alsbald im Sande verlaufen, weil völlig aus »der Luft« gegriffen – ohne jede Substanz und Wahrheitsgehalt!

Ferdinand Goldstein verschwindet nach der Tat aus dem Blickpunkt der Öffentlichkeit; er taucht ab in der Versenkung!

Goldstein kann aber, ja er muss wegen seiner Verdienste später bei uns wieder mitmachen. Auch einer privaten Aussöhnung mit Ihnen, seinem Duzfreund Adolf Hitler, steht nichts mehr im Wege. Wir könnten dann den neuen »Schulterschluss« zwischen alten Freunden durchaus in aller Öffentlichkeit werbewirksam inszenieren.

Die Partei und ihr »Führer« vergessen niemals entgegengebrachte Loyalität und uneigennützige Treue, die im Falle des Ferdinand Goldstein sogar bis zur Selbstverleugnung ging, ganz entsprechend dem Schwur, dem wir alle »bis über den Tod hinaus« verpflichtet sind.

Goldstein ist danach ein Leben lang vor seinen Häschern sicher. Das können wir schon heute, bereits sieben Monate vor der Aktion, als gegeben hinnehmen, denn der Abwehrplan »Schwalbenflug« ist derart perfekt, dass unser Freund »Ferdi« für alle Zukunft ganz entspannt seinen Familienpflichten nachkommen kann. Er hat dann Muße, arischen Nachwuchs zu produzieren. Eine neue Liebe hat er ja schon: ein dralles superblondes deutsches Mädchen mit tiefblauen Augen und langen Zöpfen, das ich mir schon voller Entzücken anschauen durfte.

Ich schließe nun meinen Vortrag und danke Ihnen, mein »Führer« für die entgegengebrachte Geduld."

Die Mörder kommen –
Das Ende von Hitlers Nichte »Geli«

»Knock, knock, knock« – dreimal klopft es an die Tür des Eckzimmers im zweiten Stock des Hauses, Prinzregentenplatz Nr. 16 in München.

Es ist der 18. September 1931, 17.00 Uhr.

Draußen fallen schon die Blätter – der Herbst kündigt sich an.

»Knock, knock, knock – knock«, jetzt klopft es viermal und schon ein wenig lauter.

Von drin vernimmt man die etwas erstaunt klingende Stimme von Angela Raubal, von allen zärtlich »Geli« genannt:

„Frau Winter, sind Sie es? Sie wollten doch mit Ihrem Mann Besorgungen machen."

„Nein, mein Kind, ich bin es, Deine Mama, und ich habe noch eine ganz liebe Person mitgebracht, jemanden, den Du sicher noch nicht vergessen hast – eine Überraschung!"

„Warte, Mutter, ich sperre auf – ich habe alles verriegelt und verrammelt – man kann ja nicht wissen, in diesem großen Haus und den unruhigen Zeiten. Warte, Mama, gleich hab ich's", und man hört das Geräusch von mehreren Schlössern, wohl auch Vorhängeschlössern, bei denen die Schlüssel gedreht und die Riegel aufgeklappt werden. Sogar das Rasseln einer stählernen Kette ist zu vernehmen.

„So, Mutter", und die schwere Holztür fliegt auf.

„»Ferdi«, mein geliebter Ferdinand, das ist aber eine gelungene Überraschung" – und sie springt dem »Schönen Ferdinand«, wie dieser in der »Frauenwelt« genannt wird an den Hals und herzt ihn allerliebst, wobei auch Küsschen auf den Mund verteilt werden.

Für die Mutter hat »Geli« gar keine Zeit und die Mutter fragt, wobei sie der Tochter prüfend in die Augen blickt,

„na, Kind, sind da ein paar Freudentränen? Ich dachte, ich komme Dich besuchen, während Onkel Adolf zur Großveranstaltung nach Hamburg ist und brachte den »Ferdi« gleich mit."

Der »Ferdi« hat derweil im Sessel Platz genommen und einen kleinen Blumenstrauß zusammen mit einem Schächtelchen Pralinen auf den Tisch gelegt.

Ferdinand Goldstein, der ehemalige Verlobte des Fräulein Raubal lächelt. Und wenn man ihn so sieht in seinem vielfarbigen Holzhackerhemd – mit offenem Kragen, weiter Kampfhose, seidenem Lumberjack und blanken Schaftstiefeln sowie dem unnachahmlichen Lächeln im Gesicht mit dem kleinen Oberlippenbärtchen, dann kann man wohl ohne Übertreibung sagen: »Fescher Kerl«!

Wenn er so mit tadelloser Figur und seinen klaren Augen die Mädchen anstrahlt, dann versteht man, dass diesem dunkelhaarigen Mann – mehr so'n Südländertyp – alle Frauenherzen zufliegen.

Auch »Gelis« kleines Mädchenherz verfiel damals alsbald dem Charme dieses Frauenhelden.

„Doch das ist nun schon lange her", sagt »Geli« leise zu sich selbst, ein wenig wie im Traum,

„schon so unendlich lange her!", ergänzt sie für sich.

„Aber schön war die Zeit, in der ich den Ferdinand liebte – meine erste große Liebe!", geht es der jungen Frau sekundenschnell durch den Kopf.

Doch dann verlässt sie den Traum einer verflossenen Liebe, genauso schnell wie sie anfing, ihn zu träumen und fragt:

„Was habt Ihr beide auf dem Herzen, oder ist Euer Kommen nur so'n Anstandsbesuch – Aufmunterung der kleinen einsamen »Geli« – ist ja auch egal, ich freue mich riesig, dass Ihr da seid.

Da, Mama, auf dem Tisch steht noch Tee, würdest Du Ferdinand bitte bedienen. Du kennst Dich hier bei mir ja aus. Ich geh derweil schnell ins Bad und mache mich ein wenig frisch – habe vorhin geschlafen, wie Ihr noch sehen könnt – entschuldigt die Unordnung."

Und »Geli« verlässt flugs das wunderbar eingerichtete Zimmer mit dem ungemachten Einzelbett aus Edelholz.

Sie geht ins Bad, das sie und ihr Onkel »Alf« gemeinsam nutzen. Die große Wohnung des angehenden »Führers« der Deutschen und das Eckzimmer seiner Nichte liegen eng aneinander.

Seit langem wünscht sich aber die junge Frau nichts sehnlicher als ein eigenes Badezimmer.

In letzter Zeit ist alles anders geworden. Wenn sich Onkel und Nichte im Bad begegnen, guckt der Onkel »durch das Mädchen hindurch« – nimmt es gar nicht wahr – ganz so, als wäre sie überhaupt nicht da.

Damals war das anders, da strahlte der Onkel, wenn er seine Nichte sah, hatte immer gute Laune – machte gelegentlich sogar Witze.

Seit »jenem Tag« ist aber alles anders!

Seit jenem Tag, da »Geli« beim ersten intimen Zusammensein mit dem »Führer« sein körperliches Gebrechen, sein Geheimnis wahrnehmen musste, seit jenem Bericht des Onkels über die Schande von Leonding ist der »Führer« der mächtigen Partei ihr zuwider geworden. Ihr Ekel, ja Abscheu, veränderte ihr Denken und Sinnen. War da einst noch Zuneigung eines warmen, zärtlichen Mädchenherzens, so ist alles in ihr erkaltet. Im Selbstgespräch, in ihrem Denken beschreibt sie dieses Herz als gewandelt zu Stein. Sie empfindet nichts mehr für ihn, den Onkel.

»Geli« kommt vom Bad zurück, strahlt den Ferdinand an und betrachtet auch kurz die Mutter, die im zweiten Sessel Platz genommen hat.

„Eine herbe, große, starke Frau ist die Mutter", geht es »Geli« durch den Kopf – und sie findet den Gedanken an die Mutter in diesem Moment reichlich unpassend, zumal ihre Mutter auch nicht steht, sondern sitzt.

Anders der Ferdinand, der »Ferdi« – immer noch der »Charmeur« von damals: »Herzensbrecher per excellence«!

»Geli« wird ganz warm ums Herz, wenn sie daran denkt, wie der »flotte Ferdinand« von Mal zu Mal, Stück um Stück ihres kleinen Herzens eroberte: besonders an den lauen Abenden, wenn sie noch nach dem Picknick mit Onkel »Alf« in der freien Natur saßen.

Wenn dann der »schönste Chauffeur Deutschlands«, wie »Geli« gerne schwärmte, irische Volkslieder aus seiner Gitarre hervorzauberte und auch sang, dann schmolz das kleine Fräulein aus Linz dahin – ihr Herz war endgültig verloren!

„Nun, Ihr Lieben", beendet »Geli« ihre gedankliche Rückblende auf die schönste Zeit ihres jungen Lebens.

„Ich freue mich ja so", strahlt sie ihre Gäste an.

Während auch sie sich einen Tee einschenkt, rekelt sie sich ein wenig auf der Couch, wo sie inzwischen Platz genommen hat – und »Geli« Raubal wirkt ganz zufrieden, geradezu glücklich im »Kreis ihrer Lieben«.

„Mein Kind", beginnt die Mutter, und »Geli« ist ganz erstaunt, wie ernst die anderen beiden plötzlich geworden sind.

„Regelrecht ein Stimmungsumschwung von »himmelhochjauchzend bis zu Tode betrübt«", denkt »Geli«, als sie die beiden Personen auf der anderen Seite des Couchtisches betrachtet.

„Mein Kind", beginnt die Mutter erneut, und man merkt, dass Reden nicht gerade ihre Stärke ist. Dieses ist ja auch einer der Gründe, weshalb die Tochter unbedingt aufs Gymnasium musste und »Matura«[22] machte. Das Kind sollte es auf Grund seiner Schulbildung einmal besser haben als die Mutter, die immer mit ihrer Hände Arbeit die Familie ernährte.

„Mein liebes, geliebtes Kind", beginnt die Mutter ein drittes Mal.

Derweil macht Ferdinand Goldstein ein ganz trauriges Gesicht, wobei er den Blick niederschlägt und auf die Tischplatte starrt. Dabei hat er die Hände gefaltet und auf den Schoß gelegt.

„Was ist nur los, Ihr beiden Lieben, weshalb dieser unverhoffte Stimmungswandel – ich dachte, Ihr freut Euch, das »Gelichen« zu sehen!"

„Mein über alles geliebtes Kind", und die Mutter beginnt zum vierten Mal,

„»Ferdi« und ich haben eine äußerst schwere, möglicherweise traurige Aufgabe zu erfüllen. Doch zuvor sollen wir Dir die herzlichsten Grüße von Onkel »Alf« übermitteln. Wir sollen Dich, mein Kind, fragen, wie Du Dir Deine weitere Zukunft vorstellst."

„Kommt Ihr beiden also in seinem Auftrag – also doch kein Freundschaftsbesuch, dann können wir ja gleich »Klarschiff« machen und hier nun die Antwort", sagt »Geli« aufgebracht. In ihrer Stimme schwingt sehr viel Enttäuschung mit:

---

[22] *Matura – Abitur in Österreich*

118

„Viele Male habe ich ihn gebeten, mich ziehen zu lassen.

Ich will meine Freiheit!",

schreit »Geli« heraus, und sie ist außer sich vor Zorn.

„Dieser Lump gibt mich nicht frei! Er, mein »Gefängniswärter«, hält mich unter Verschluss, vor der Öffentlichkeit weggesperrt. Der Kerl hat offenbar Angst vor mir!

Da er mich nicht freiwillig ziehen lässt, werde ich jetzt meine Freiheit erkämpfen. Ich weiß so viel von der Partei und auch von ihm persönlich, dass, wenn ich rede, diese ganze glorreiche Nazibewegung »im Eimer« ist.

Ich werde für meine Freiheit den großen Herrn Hitler sowie seine Partei, die NSDAP, erpressen!

Du, »Ferdi«, hast es damals vorgemacht, wie man es anstellen muss. Du hast die NSDAP verklagt und gegen die fristlose Kündigung als Chauffeur Widerspruch eingelegt. Du hast vor dem Arbeitsgericht gesiegt und Dir sogar eine Abfindung erstritten. Genauso wie Du, Ferdinand Goldstein, gesiegt hast, genauso werde auch ich siegen!

Ich habe alles aufgeschrieben und bei Mama im »Haus Wachenfeld« verwahrt! Ich weiß mehr über diesen »sauberen Laden« als Ihr beide erahnen könnt.

Ich war oft dabei, wenn der »Saubermann Hitler« mit anderen gekungelt hat – auch mit dem Kapital, den Geldleuten. Dann protzte der »Herr« immer mit seinem »Edelstein«, dem klugen Fräulein »Geli«.

Und ich dumme, eingebildete Gans war jedes Mal glücklich, das verbrecherische Tun unseres Onkels »Alfi« zu unterstützen, indem ich Bankbonzen und Firmenbosse erheiterte!"

»Geli« macht eine kleine Pause, doch die beiden Zuhörer ahnen, dass das Fräulein Raubal mit der Pause nur Spannung erzeugen will, denn es ist ganz unverkennbar, dass sie noch einen drauflegt … und tatsächlich lässt sie ohne Übergang sogleich »die Katze aus dem Sack«.

„Allein, eine einzige Sache, eine sehr persönliche Angelegenheit, fegt den ganzen »falschen Haufen« hinweg:

Wie Ihr beide sicher auch wisst, und Du »Ferdi« bist nicht umsonst Mitbegründer der SS – wie Euch beiden bekannt ist, arbeitet Heinrich Himmler schon heute, 1931, an einem

Euthanasieprogramm, obwohl die NSDAP noch nicht die absolute Macht hat.

Alles Leben, was nicht 100prozentig der »Norm« entspricht, soll ausgelöscht und daran gehindert werden, weiteres »unwertes« Leben zu zeugen. Dazu gehören nach dem Verständnis der Nationalsozialisten die Juden, alle geistig Kranken, aber auch alle Personen mit schweren körperlichen Gebrechen.

Der Mensch der Zukunft, der »Herrenmensch«, ist blond, hat helle Haut und ist gesund im Kopf und auch am Körper!

Was meint Ihr beiden, meine Lieben, wenn die Presse, die Kommunisten, die Sozialdemokraten, aber auch alle treuen Anhänger der NSDAP erfahren, dass der Anführer dieser gesamten Bewegung ein »Gezeichneter« ist, auf den die neuen, von ihm selbst verfassten Euthanasie-Gesetze 100prozentig zutreffen!

Was meint Ihr, meine Lieben, wenn die Öffentlichkeit erfährt, dass das Fortpflanzungsorgan des Vorbildes von Millionen aus drei Teilen besteht:

- einem »Stückchen rosa Schwanz«
- einem »knallroten Knorpelfortsatz« und einem
- »schwarzen blutleeren Hautlappen«!

Das Vorbild von Millionen ist selbst ein furchtbarer Krüppel – ausgestattet mit einem »Penissortiment«, mit dem es selbst bei bestem Willen nicht möglich ist, sich fortzupflanzen!

Ein furchtbarer Albtraum, der absolut nichts zu tun hat mit dem Penis des »arischen Mannes«!

Dieser »Albtraum« ist wegen seiner abartigen Form nicht in der Lage, in den Schoß einer Frau einzudringen!

Niemals wird sich eine arische Frau, wie sie von der Partei stets beschrieben und aufs Schild gehoben wird, einem solchen Mann hingeben. Selbst wenn sie es bar allen Ekels könnte, würde dieser jeder Beschreibung eines sogenannten Ariers spottende Herr Hitler zum Sexualakt gar nicht fähig sein. Er ist, um es klar zu sagen, ein »impotenter Hochstapler«.

»Pfui Teufel; welch ein Abschaum!«"

Und »Geli« schlägt mit ihrer kleinen Faust auf den Tisch – knallrot im Gesicht vor Zorn.

Die Mutter hat den Kopf in beide Hände gelegt und mit den Armen auf dem Tisch abgestützt.

Sie ist kreideweiß im Gesicht und starrt mit weit aufgerissenen Augen ungläubig auf ihre Tochter.

Sagen kann sie nichts – »Gelis« Geschichte ist für ihre Ohren derart erschreckend, dass sie selbst auch dann keines Wortes fähig wäre, falls der Verstand es ihr gestatten würde. Ihre Stimmbänder sind gelähmt, das fühlt sie deutlich.

So sitzt sie mindestens eine Minute völlig regungslos da, wobei sie eine große Einkaufstasche, deren Henkel herunterhängen, auf den Knien unter den Armen hält.

Man hat den Eindruck, als müsste sie irgendetwas in der Tasche beschützen, weil sie diese, wie zur Sicherheit, mit dem Bauch gegen die Tischplatte drückt.

Auch Ferdinand Goldstein wirkt regelrecht sprachlos. So sitzt er gebeugt wie ein alter Mann, zusammengesunken im Sessel. Die Schultern nach vorne gedreht hat er nun beide Arme weit vorgeschoben und die Hände gefaltet auf den Tisch gelegt.

Ferdinand Goldstein erweckt den Eindruck, als ginge ihn die ganze Geschichte gar nichts an – blickt weiterhin auf seine gefalteten Hände, ganz so, als wären diese derart interessant, dass man sie minutenlang anstieren müsste.

»Geli« betrachtet die beiden am Tisch gegenüber und kann gar nicht begreifen, dass der Vortrag ihre Lieben derart verstört hat: die eigene Mutter immer noch keines Wortes fähig, der ehemalige Verlobte ganz in sich versunken – wohl betend.

Jetzt ist »Geli« sicher, der Goldstein betet, und »Geli« ist darüber ganz erstaunt, denn »Ferdi« hat doch Gott und Jesus schon öfter in ihrer Gegenwart verhöhnt.

„Diese beiden sind nur etwas für die Schwächlinge. Ich dagegen ergreife das Stuhlbein und helfe mir selbst!", pflegte er dann zu sagen und wirkte recht überzeugt von sich.

„Merkwürdig, jetzt betet der »Ferdi«," stellt »Geli« nochmals für sich selbst fest – für sie ein ganz neues, aber völlig unerklärliches Wesensmerkmal. Bisher war sie eigentlich davon überzeugt, ihren ehemaligen Verlobten gut zu kennen, und sie hört, wie er murmelnd von Gott und Jesus spricht. Und auch die Namen Adolf und »Geli« kommen über seine Lippen – das vernimmt sie ganz deutlich!

Zwei Minuten voller Stille sind so vergangen, nur begleitet vom leisen Murmeln des Goldstein.

Da zieht die Mutter den Reißverschluss der großen Einkaufstasche auf, holt einen riesigen Stapel Papier hervor und legt diesen mit einem klatschenden Geräusch auf die glatte hölzerne Tischplatte.

Der Stapel ist fein säuberlich mit Schmuckband abgeheftet.

Auf dem oberen Deckblatt steht in großen schwarzen Druckbuchstaben:

»Angela Maria Raubal, geboren am
04. Juni 1908 in Linz, Österreich,
handschriftlich aufgezeichnet
im September des Jahres 1931 in München«

Die Mutter greift erneut in die große Einkaufstasche, knallt mit lautem Geräusch eine riesige Schere auf den Tisch und zusätzlich ein eng beschriebenes Blatt weißes Büttenpapier sowie einen übergroßen wichtig aussehenden Schreibstift.

Die Mutter steht nun auf, stellt sich gerade hin und weist mit dem rechten Zeigefinger zunächst auf den Stapel Papier. Jetzt, wo sie so voll aufgerichtet dasteht, sieht man erst, wie groß und auch wie kräftig sie tatsächlich ist.

Derweil murmelt Ferdinand Goldstein immer noch – völlig apathisch zusammengekauert im Sessel sitzend. Man hört erneut die Worte Gott, Jesus, Adolf und auch »Geli« – jetzt schon viel deutlicher als vorher.

Die Mutter setzt eine »Amtsmine« auf und beginnt zu sprechen:

„»Geli« Raubal, Tochter, höre jetzt genau zu, was Dir Deine Mutter sagt.“

War die Sprache bis hierhin ruhig, leise, freundschaftlich, so wird die Stimme nun ungewöhnlich scharf, eindringlich.

Die Mutter fährt mit ernstem, fast versteinerten Gesichtsausdruck fort:

„»Geli« Maria Raubal, Tochter, nimm jetzt die große Schere und zerschneide den von Dir beschriebenen Papierstapel in kleine Teile und zerreiße die Fetzen in klitzekleine Stückchen, die dann kein Mensch mehr lesen kann. »Ferdi« und ich werden danach alle Schnipsel aufsammeln und sicher im Ofen verbrennen.

Nachdem Du alles bis ins Kleinste zerrissen hast, wirst Du eigenhändig dieses beiliegende Dokument unterschreiben und Ferdinand und ich werden als Zeugen mit Datum sowie Vor- und Zunamen gegenzeichnen.

Höre, was Onkel »Alf« Dir als allerletzte familiäre und freundschaftliche Chance einräumt.

Ich werde Dir den Text jetzt vorlesen:

›Ich, Angela Maria Raubal, genannt »Geli«, geboren am 04. Juni 1908 in Linz, Österreich, erkläre heute vor Gott und den beiden anwesenden Zeugen an Eides statt:

Ich werde niemals Informationen aus dem Leben und dem Umfeld der NSDAP und ihres »Führers«, Adolf Hitler, an andere Personen oder Institutionen weitergeben.

Dieses gilt für alle Kenntnisse, die ich aus dem sachlichen und persönlichen Bereich erfahren habe. Das gilt aber auch für alle weiteren zukünftigen Kenntnisse, egal, wie ich sie erwerben werde.

Meinen Onkel, Adolf Hitler, werde ich niemals verlassen, ihn auch in Zukunft nicht um meine »sogenannte Freiheit« bitten.

Ich bin nunmehr bereit, der NSDAP und ihrem »Führer« gehorsam zu dienen, mein Leben lang, bis zu meinem Tode.

Diesen heiligen Eid schwöre ich als gläubige Christin, bei Gott, dem Herrn Jesus und der Mutter Maria.‹

Eigenhändig unterschrieben am 18. September 1931 in München:

…………………………………………….
(Angela Maria »Geli« Raubal)

……………………………………………
(Ferdinand Goldstein)   Die Zeugen

…………………………………………….
(Angela Raubal, geb. Hitler)

Es herrscht absolute Stille in dem wohnlichen Raum, denn auch Ferdinand Goldstein hat inzwischen seine murmelnden Gebete beendet. Die Mutter setzt sich wieder in den Sessel – sie wirkt nach ihrer Rede völlig erschöpft.

Plötzlich springt »Geli« auf, ergreift das auf Büttenpapier geschriebene Dokument des Onkels, reißt es mit solcher Kraft kaputt, dass man durchaus annehmen kann, dass ihre Wut sie möglicherweise sogar instand gesetzt hätte, ein dickes Telefonbuch zu zerreißen. Die Fetzen des Dokumentes schleudert sie der Mutter und Goldstein ins Gesicht. Der dicke Dokumentenstift landet mit einem Scheppern in der hinteren linken Ecke des Raumes.

Dann schreit sie mit sich überschlagender Stimme:

„Verräter!",

wobei sie die anderen beiden Personen hasserfüllt anstarrt.

»Geli« zuckt kurz zusammen, ganz so, als käme ihr ein wichtiger Gedanke. Sie reißt den von ihr verfassten Stapel Papier vom Tisch und drückt die anderthalb Kilogramm schweren Dokumente mit beiden Händen an ihre Brust, als müsste sie die vielen Zeilen gegenüber einer »fiktiven Macht« schützen. Sie sinkt in sich zusammen, ganz tief in ihr Sofa und beginnt herzzerreißend zu weinen.

Urplötzlich kommt auch in Ferdinand Goldstein Bewegung. Mit gefalteten Händen im Schoß steht er zeitgleich mit »Gelis« Mutter auf.

Beide sehen das zusammengesunkene »Menschenkind« traurig an, aber nur sekundenlang, dann greift die Mutter erneut in die große Einkaufstasche:

- mit der Linken hält sie die Henkel der Tasche,
- mit der Rechten »zaubert« sie eine große Pistole hervor – die Waffe des Onkels, eine Walther
- und legt sie mit einem vernehmlichen Krachen auf die Holzplatte des Tisches.

„Da, Angela Raubal, nimm die Waffe an Dich und tue das, was Du noch als einziges tun kannst!", zischt die Mutter.

„Du bringst eine ganze »Bewegung« in Bedrängnis, für die Millionen unter Lebensgefahr aufopfernd gearbeitet haben. Du, Maria »Geli« Raubal, hast die Millionen, die Partei, ihren »Führer«, sowie Ferdinand Goldstein und auch die eigene Mutter verraten.

Ich habe Dich unter dem Herzen getragen, Dich unter Schmerzen geboren und liebevoll aufgezogen. Du, meine einzige Tochter,

124

wirst immer mein Kind bleiben. Der Onkel hat in seiner Großmut Dir noch eine letzte Chance eröffnet – Du hast sie nicht ergriffen.

Du hättest jetzt, in nur wenigen Sekunden alles wieder gut machen können! Die Millionen Anhänger, die Partei, ihr »Führer« und auch Du mein Kind wären wieder sicher. Alles könnte wieder so sein, als wenn nichts passiert wäre!

Aber Du, meine Tochter, bist halsstarrig, dickköpfig und eigensinnig wie immer! Zudem kommt als neues Wesensmerkmal »Dummheit« hinzu – für eine Gymnasiastin mit hochtrabenden Ambitionen ganz ungewöhnlich.

So, mein Kind, Dein ehemaliger Verlobter und Deine Mutter sagen Dir Lebewohl!

Vor Dir liegt die Dir bekannte Waffe von Onkel »Alf« – sie ist geladen und entsichert. Du bist ja versiert im Pistolenschießen und kennst die Waffe des Onkels vom Schießplatz her. Ziele aufs Herz – hier!", und sie zeigt mit dem Mittelfinger der rechten Hand auf ihr eigenes.

„Ziele auf Dein Herz. Eine Frau schießt sich nicht in den Kopf – und das tut auch nicht weh – ist völlig schmerzlos!

Auf Wiedersehen im Himmel, »Geli«, mein Kind. Du hast von nun an eine halbe Stunde Zeit, es zu tun – genau 30 Minuten!"

„Auch ich sage »Auf Wiedersehen im Himmel«, herzallerliebste »Geli«", fühlt sich ebenfalls der »Ferdi« genötigt, sich zu Wort zu melden.

Die Mutter und Ferdinand Goldstein drehen sich um, gehen aus dem Zimmer.

Die Tür fällt ins Schloss – und »Geli« ist allein:
- mit dem Stapel Belastungsmaterial
- den eigenen Gedanken
- der Pistole des Onkels.

Und »Geli«, das kluge Mädchen, ist gar nicht so dumm, wie die Mutter meint. Die Nichte des »Führers« Adolf Hitler hat verstanden! Sie weiß, dass für sie alles zu Ende ist.

… Genau 30 Minuten sind vergangen!
Nachdem kein Schuss die Stille unterbrach, kommen der »Ferdi« und die Mutter wieder herein.

„Mama, Mama", wimmert die junge Frau,

„ich kann es nicht, Mama – hilf mir!"

Und »Geli« führt die Hand der Mutter an ihre eigene, kleine, zitternde Hand und an die Schusswaffe.

„Kind", sagt die Mutter, nimmt die Waffe und auch den Stapel Papier von »Gelis« Brust – legt beides auf den Tisch.

„Kind, hast Du noch weitere Aufzeichnungen – möglicherweise versteckt?"

„Na klar habe ich noch welche, aber wo die sind, das verrate ich nicht", bricht es trotzig aus »Geli« heraus. Und die junge Frau richtet sich kerzengerade in ihrer Sitzposition auf dem Sofa auf.

»Gelis« Mutter und Ferdinand Goldstein sehen sich kurz an. Wie auf ein verabredetes Zeichen hin verlässt die große Frau das Zimmer, wobei sie die Tür mit solcher Kraft zuzieht, dass es laut kracht.

Jetzt geht Ferdinand Goldstein um den Tisch herum direkt auf die sitzende »Geli« zu, tritt dicht an sie heran und sagt mit seiner dunklen sonoren Stimme:

„»Geli«, mach es uns nicht noch schwerer, als es ohnehin schon ist. Wo liegen die anderen Aufzeichnungen?"

„Ich sage jetzt gar nichts mehr. Sollen die Menschen nach mir ruhig erfahren, was hier los ist. Onkel …"

Sie will weiter sprechen, kommt aber nur noch bis »Onkel«, dann knallt es kurz und trocken. Bei »Geli« schwillt sofort die kleine Nase gewaltig an und Blut beginnt zu tropfen.

Der in so vielen Saalschlachten kampferprobte SS-Schläger hat mit der rechten Außenkante der Faust ganz plötzlich in »Gelis« Gesicht geschlagen und ihr brutal die Nase gebrochen.

Von dem »Frauenbetörer«, dem lächelnden »Charmeur« ist nichts geblieben: Das Gesicht eine glasharte »Fratze«, allein die Augen könnten töten. … Ganz unvermittelt kommt der zweite Schlag, nun mit der geballten Faust direkt auf »Gelis« Brust geführt!

»Geli« schreit laut vor Schmerzen auf und sackt in sich zusammen.

Der stadtbekannte NSDAP-Schläger zieht das Mädchen an der Bluse nach oben und schlägt es mit den Händen, mal links und mal rechts auf die Wangen und auf die Ohren – mit dem Erfolg, dass »Geli« erneut auf dem Sofa zusammensinkt.

Aus zugekniffenen Augen blinzelt sie ihren ehemaligen Liebhaber nun hasserfüllt an und bringt leise hervor:

„Auch Du bist ein Schwein – die große Enttäuschung meines Lebens! Und auch meine Mutter ist abgrundtief schlecht: unternimmt nichts gegen den gewaltsamen Tod der eigenen Tochter durch eine Mörderbande."

„Da hast Du mal wieder Recht, Du dämliches Weibsbild. Ich bin wirklich schlecht. Ich bin aber nur schlecht, wenn es gegen ein »Pack« geht – wozu auch Du gehörst – das meinem geliebten »Führer« und unserer »heiligen Sache« Schaden zufügen möchte.

Dann siegt meine Treue zu »Führer« und Partei – geschworen in einem »heiligen Eid«.

So höre, »Geli« Raubal, wie schlecht ich werden kann, wenn Dummheit und Frechheit, so wie Du es an den Tag legst, meinen geliebten »Führer« bedrohen:

- Unsere Liebe war von Anfang an nur »getürkt«.
- Den Liebhaber habe ich auf Weisung der Partei gespielt – wie im Film.
- Das liebestolle Fräulein »Geli« wurde nach »Strich und Faden« betrogen!

Denn eines wurde schon frühzeitig deutlich: Wir ahnten, dass Du mit Deiner frechen Klappe eines Tages unsere »heilige Sache« in Gefahr bringen könntest!

Schon 1925, also bereits vor 6 Jahren, war allen klar, dass es durchaus zwingend notwendig werden könnte, dass es einmal Ferdinand Goldstein, Dein »Liebhaber«, sein würde, der dereinst das Fräulein Raubal in die »ewigen Jagdgründe« befördern müsste - falls das Fräulein Raubal tatsächlich einmal gefährlich werden sollte.

Dieser Fall ist jetzt eingetreten und alles ist von langer Hand vorbereitet. Morgen wird kein Mensch auf der ganzen Welt auf die Idee kommen, dass der aus der NSDAP ausgestoßene »Ferdi« der Täter ist!"

„Mama, Mama – komm", ruft ein letztes Mal die Tochter die Mutter,

„hilf mir, schnell, und nimm dieses Scheusal von mir! Befreie mich von diesem Dreckskerl und jenem Hochstapler, der der »Führer« aller Deutschen werden will! Lass mich noch ein Mal kurz, aber von Herzen lachen über diese beiden »Hampelmänner« während der wenigen Minuten, die mir noch bleiben – sollen sie ewig schmoren in des Teufels heißer Hölle!

Über Dich, Ferdinand Goldstein, witzeln ja schon Deine eigenen Parteigenossen:

>**Ferdinand Goldstein der »Arier« mit Mut,**
aber mit Namen und Aussehen vom Jud.<

Wie kann einer mit pechschwarzen Kopf - und Barthaaren, von dem man sagt, er sei selbst Jude – wie kann so einer derart zwiespältig sein und mit seinen SS-Schergen Jagd auf die eigenen jüdischen Glaubensbrüder machen?

Es gibt offenbar Leute

-    mit Gewissen,

-    ohne Gewissen

-    und Leute mit zwei Gewissen, wie Ferdinand Goldstein!

Leb wohl, meine »Liebe«, soll Dich der Satan holen!

Gott wird Dir sicher auf dem Wege in die Hölle behilflich sein, genauso wie er mir jetzt durch Deine Hand helfen wird, in den Himmel zu kommen.

Wie glücklich ich bin, ich kleines Mädchen aus Linz:
In wenigen Minuten werde ich
Herrn Jesu Christ und seine Mutter Maria sehen –
jetzt wird mein Leben erst richtig schön!"

„Geh nur ruhig nach draußen, Angela", sagt derweil Ferdinand Goldstein zu der inzwischen nach den Schmerzensrufen »Gelis« wieder erschienenen Mutter in ruhigem Ton,

„ich werde dem »Kind« schon helfen", und die Mutter würdigt die Tochter keines Blickes mehr, dreht sich um, geht durch die Zimmertür und zieht diese hinter sich zu – diesmal leise!

Jetzt geht alles ganz schnell:

Ferdinand Goldstein schleift »Geli« zur Mitte des Zimmers, stellt sie auf die Füße, ergreift die Pistole und schießt der jungen Frau dicht unter dem Herzen in die Lunge.

Er legt das Mädchen mit dem Gesicht zu Boden, so dass es nun auf Brust und Bauch liegt. Doch dann bückt sich der Mörder, legt seinen Mund an »Gelis« Ohr und flüstert für sie deutlich hörbar:

„Das für die »Hampelmänner«, und sollten mein Duzfreund Adolf und ich dereinst für unsere »heilige Sache« doch in der Hölle schmoren – so sei's drum.

Doch Du Flittchen, das schon immer voller Mitleid auf unsere Bewegung herabschaute, Du eingebildetes »Gymnasialhuhn« aus Linz, sollst noch 20 Stunden lang um Dein Leben ringen, ehe Dich der Tod erlöst.

Ich weiß, wohin man schießen muss, damit es richtig weh tut und man auch schön lange etwas davon hat.

Gute Fahrt, auf Deiner Reise in den Himmel!"

Er geht zum Bett, denn der irrlichternde Blick der Sterbenden, die sich noch einmal leicht aufgerichtet hat, war auffällig lange auf die Liegestatt gerichtet. Er geht dorthin und zieht unter der Matratze vier weitere Stapel eng beschriebenes, von »Geli« Raubal signiertes Belastungsmaterial hervor. Diese Päckchen schwenkt er triumphierend in der Luft, voller Freude, als ob er eine ganz große Leistung vollbracht hätte. »Gelis« Mutter, die nach dem Schuss das Zimmer wieder betreten hatte, anlächelnd sagt er:

„Früher oder später reden sie alle!", und Ferdinand Goldstein wirkt sehr zufrieden.

Nachdem das Zimmer aufgeräumt ist, die Pistole in der Hand von »Geli« liegt, und sie alle Belastungspapiere in der großen Einkaufstasche verstaut haben, sehen sich die »Mutter« und der ehemalige »Herzensschatz« der »Geli« Raubal selbstgefällig lächelnd an.

Sogar an die Teetassen haben sie gedacht. Nichts, aber auch gar nichts weist darauf hin, dass die Nichte des »Führers« Adolf Hitler zwei Besucher hatte.

Während »Geli« laut röchelnd am Boden liegt und einen langen Erstickungstod stirbt, machen sich die beiden Mörder unbemerkt davon.

Dass die Mörder der »Geli« Raubal auch für ihr gesamtes weiteres Leben unentdeckt bleiben, dafür haben die genialen Handlanger des Adolf Hitler gesorgt:

Joseph Goebbels, Heinrich Himmler und Martin Bormann, die Schergen des Diktators, haben wieder einmal »ganze Arbeit« geleistet. Ihr Abwehrplan mit dem Codewort »Schwalbenflug« war nach ihrer Meinung ein voller Erfolg!

Eskalation des »Bösen« –
Das hochentwickelte Volk der »Toraner« in der Andromedagalaxie sieht 1944/45 die Gefahr eines 3. Weltkrieges auf der Menschenerde

Immo und sein Vater sehen sich nach diesen entsetzlichen Vorgängen entgeistert an. Allerdings gelingt es seinem Vater, dem Viersternegeneral auf dem fernen Planeten »Tora« sich schneller zu fangen, als Immo es vermag.

„Na, mein Sohn, da staunst Du, welche Charaktere Dir bei Deinem Geschichtsstudium begegnen. Mit Adolf Hitler bei der Spezies »Mensch« haben wir natürlich etwas Besonderes ausgesucht – mordet ohne jeden Gewissensbiss die kleine »Geli« und »geht auch sonst über Leichen«!

Er ist ein Mann, der nur ein Ziel kennt:
>>Das Erringen der absoluten Macht«!

Dieses Ziel verfolgt er mit einem geradezu eisernen Willen und lässt sich auf diesem Wege selbst durch Rückschläge nicht abbringen.

Absolute Macht in Deutschland will er erreichen durch uneingeschränkte Unterordnung aller Deutschen unter das Diktat nur einer Person – seiner Person!

Der »Deutsche« möchte wieder »wer« sein nach der blamablen Weltkriegsniederlage 1918. Und »die Deutschen« haben auch nicht vergessen wie Engländer und Franzosen das Deutsche Volk »knebelten« in dem Diktatfrieden von Versailles.

›Dieser Adolf Hitler wird alles ändern, und schon bald sind wir wieder das »Herrenvolk« und fühlen uns nicht mehr als Sklaven der Franzosen!‹, so hörte man es allerorts in deutschen Landen, aber auch in Österreich.

Der Mord an »Geli« Raubal zeigt, mit welcher grausamen Strategie und Entschlossenheit dieser »neue Führer« sein Ziel verfolgt. Und dieser »neue Heilsbringer« hat Erfolg beim Volk, unbeschreiblich viel Erfolg!

Besonders die Jugend hat schon einen steifen rechten Arm vom vielen Heben und Strecken gen Himmel und auch eine ganz heisere Stimme wegen des Schreis – ›Heil Hitler!‹.

Wir »Toraner« haben in unserer Millionen Jahre langen Entwicklung niemals einen Mann hervorgebracht, der auch nur annähernd so »böse« war wie dieser Mensch mit Namen Adolf Hitler.

Die Frage, warum wir »Toraner« an dem Geschehen auf Erde I so interessiert sind, ist bereits beantwortet, wenn man daran denkt, dass wir selbst in Millionen von Jahren den einstigen Heimatplaneten durch Kriege, Katastrophen und Raubbau an den natürlichen Ressourcen zerstörten.

Die Ansiedlung unserer Nachfolger, der Menschen, sollte im Rahmen eines Großversuchs Aufschluss darüber bringen, ob diese Spezies in der Lage ist, zu lernen und mit ihren Erfahrungen eine goldene Zukunft zu bauen.

Unser Resümee der Beobachtungen dieses Herrn Hitler und seiner riesigen Anhängerschaft lässt jedoch befürchten, dass man nicht nur nicht lernt, sondern im Gegenteil, beschleunigt innerhalb von nur 200.000 Jahren wie Lemminge in den Untergang der Apokalypse taumelt – bewusstlos und bar jeden Sinnes.

Diese Gefahr hat durchaus bestanden, falls Hitler noch weitere Völker in den Strudel des Krieges hineingezogen hätte. Insbesondere die Verführung des »Milliarden-Volkes des Islam« hätte zu einem kriegerischen »Weltflächenbrand« ausufern können.

Hitlers Krieg in West, Süd, Ost und Nord würde dann zusammen mit den Japanern in Fernost in Verbindung mit über 100 Millionen fanatischer Muslime ein gefährliches erdübergreifendes »Feuer« entzündet haben.

Zu dieser Einschätzung kommt Hitler am Ende seines Lebens selbst, indem er feststellt, dass er noch viel entschiedener und bösartiger den allumfassenden Krieg hätte herbeiführen sollen, als er es ohnehin schon tat. So kann man es bei Joachim Fest, dem bekannten deutschen Autor von Erde I, in dessen Hitler-Biografie wörtlich nachlesen:

›Wenn ich die Ereignisse nüchtern und frei von jeder Sentimentalität betrachte, muss ich zugeben, daß meine unwandelbare Freundschaft zu Italien und zum Duce auf das Konto meiner Irrtümer gesetzt werden kann. Tatsächlich kann man sagen, daß die italienische Allianz unseren Feinden mehr als uns selber genutzt hat ... und sie wird am Ende dazu beitragen, daß *wir – sollte der Sieg nicht doch noch uns gehören – den Krieg verlieren ...*

Der italienische Verbündete hat uns fast überall gehemmt. Er hat uns beispielsweise daran gehindert, in Nordafrika eine **revolutionäre Politik** *zu treiben ..., denn unsere islamischen Freunde sahen plötzlich in uns freiwillige oder unfreiwillige Komplizen ihrer Unterdrücker ... Die Erinnerung an die barbarischen Vergeltungsmaßnahmen gegen die* **Senoussis** *ist in ihnen noch immer wach. [...] Es gab die Chance einer großen Politik gegenüber dem Islam. Sie ist verpasst – wie vieles andere, das wir versäumten infolge unserer Treue zum italienischen Bündnis ...*

Militärisch gesehen ist es kaum besser. Italiens Eintritt in den Krieg hat fast sofort unseren Gegnern die ersten Siege verschafft und Churchill in die Lage versetzt, seinen Landsleuten neuen Mut, und den Anglophilen in aller Welt neue Hoffnung einzuflößen. Obwohl die Italiener sich schon unfähig gezeigt hatten, Abessinien und die Cyrenaika zu halten, haben sie die Dreistigkeit gehabt, sich, ohne uns zu fragen, ohne uns auch nur zu unterrichten, in den vollkommen sinnlosen Feldzug gegen Griechenland zu stürzen ... Das hat uns gezwungen, entgegen allen unseren Plänen im Balkan einzugreifen, was wiederum eine katastrophale Verzögerung für den Beginn des Russlandkrieges zur Folge hatte ...

Wir hätten Russland vom 15. Mai 1941 ab angreifen und ... den Feldzug vor dem Winter beenden können. Alles wäre anders gekommen!

[...] Ich bedaure, daß ich nicht der Vernunft gefolgt bin, die mir eine brutale Freundschaft im Hinblick auf Italien vorschrieb.[23] Die Gesetze des Lebens zeigen leider, daß es ein Irrtum ist, diejenigen als Ebenbürtige zu behandeln, die nicht wirklich ebenbürtig sind.[24]

Überall hätte der Aufstand der Kolonialvölker betrieben, das Erwachen der unterdrückten und ausgebeuteten Nationen verkündet, die Ägypter, Iraker, der ganze Nahe Osten, der die deutschen Siege bejubelt habe, zur Revolte angestiftet werden müssen:

---

[23] *Joachim Fest, HITLER – eine Biografie, Ullstein Buchverlage GmbH Berlin, 10. Auflage, 2008, S. 1047*

[24] *s.o., S. 1047*

Nicht an seiner Aggressivität und seiner Maßlosigkeit gehe das Reich jetzt zugrunde, sondern an seiner Unfähigkeit zum Radikalismus, seiner moralischen Befangenheit: »man bedenke unsere Möglichkeiten!« [...] Das Leben vergibt keine Schwäche!‹[25]

"Zu beachten ist, mein Sohn", fährt Immos Vater nach einer kurzen Pause fort und erläutert,

„Hitler hätte das Milliardenvolk der Muslime, auch in Indonesien und Malaysia und möglicherweise zusätzlich die Völker des indischen Subkontinents zu einem gemeinsamen Krieg aufhetzen können. Auf der anderen Seite hätte vielleicht Amerika Verbündete in Südamerika, Mittelamerika, Afrika und China gefunden!

Dass Hitler einen »Weltkrieg« über den 2. Weltkrieg hinaus anstrebte, sagt ganz deutlich wiederum Joachim Fest:

*›Die von Hitler erstrebte dritte Position[26] sollte zwar den ganzen Kontinent umfassen, aber doch in Deutschland ihren Energiekern haben: die gegenwärtige Mission des Reiches bestand darin, das ermüdete Europa neu zu stimulieren und als Kraftreservoir für die **deutsche Weltherrschaft** zu nutzen. Hitler wollte die versäumte imperialistische Phase der deutschen Entwicklung nachholen und als Nachzügler der Geschichte den denkbar höchsten Preis gewinnen:*

»die durch die riesige Machtexpansion im Osten gesicherte Vorherrschaft über Europa und durch Europa über die Welt«.

*Nicht zu Unrecht ging er davon aus, dass die aufgeteilte Erde bald keine Möglichkeit mehr bieten werde, ein Imperium zu erobern, und da er stets in schroffen Alternativen dachte, sah er Deutschland dazu verurteilt, entweder ein **Weltreich zu begründen** oder aber »als zweites Holland und als zweite Schweiz ... sein Dasein zu beschließen«, wenn nicht sogar »auf dieser Erde*

---

[25] *Joachim Fest, HITLER – eine Biografie, Ullstein Buchverlage GmbH Berlin, 10. Auflage, 2008, S. 1047-1048*

[26] *Mit diesem Ausdruck ordnet Hitler seine eigene »Machtexpansion« ein zwischen jenem »seelenlosen« amerikanischen Kapitalismus einerseits und dem »unmenschlichen« russischen Bolschewismus andererseits.*

s.o., S. 1064-1065

zu vergehen oder als Sklavenvolk die Dienste anderer besorgen zu müssen«.‹[27]

So haben auch Hitlers »Propagandaspezialisten« immer wieder

›*[...] von wachsenden Werwolfeinheiten gesprochen und einen* **Krieg über den Krieg** *hinaus vorhergesagt [...]*‹[28],

was eigentlich nach meinem Verständnis als Viersternegeneral auf »Tora« ganz deutlich als ein Hinweis darauf zu sehen ist, dass auch alle die Länder auf der Menschenerde, die sich bis 1945 friedlich verhielten, von nun an gnadenlos mit dem Virus des Krieges infiziert werden sollten!

Es ist gar nicht notwendig, hypothetisch vorzugehen, mein Sohn, die Menschheit stand tatsächlich 1944/45 am absoluten Abgrund, kurz vor ihrer eigenen Vernichtung – und das bereits nach nur 200.000 Jahren und nicht wie damals bei uns »Toranern« erst nach mehreren Millionen von Jahren!

Dieser überaus schreckliche 2. Weltkrieg, wie allgemein bekannt mit seinen etwa 60.000.000 zu beklagenden Toten, wäre herabzustufen auf eine lokal begrenzte kriegerische Auseinandersetzung, falls es Hitler gelungen wäre, mit Hilfe der Muslime übergangslos einen **3. Weltkrieg anzuzetteln, das heißt mit »kriegerischem Feuer« den gesamten Erdball zu überziehen.**

Die andere Seite, die der Amerikaner, hat zum Ende des Krieges 1945 gezeigt, dass sie offenbar keine Angst vor der zerstörerischen Atomkraft hatte, als sie bedenkenlos Atombomben auf Menschen in Hiroshima und Nagasaki warf, obwohl das japanische Volk praktisch besiegt war!

Und bedenke, mein Sohn, die Amerikaner waren ja »die Guten«! Was wäre gewesen, wenn »die Bösen« unter ihrem »Führer« Adolf Hitler mit Atombomben schon früher auf den Plan getreten wären? Und dass auch Hitlerdeutschland kurz vor der Fertigstellung der entsprechenden Flugkörper und der furchtbaren »Bombe« stand, wird ja wohl niemand anzweifeln!

---

[27]*Joachim Fest, HITLER – eine Biografie, Ullstein Buchverlage GmbH Berlin, 10. Auflage, 2008, S. 1065*

[28] *s.o., S. 1061*

Und, dass »die Bösen« um ihren »Führer« herum diese alles vernichtende Waffe dann auch gegen Amerikas Verbündete eingesetzt hätten, daran zweifelt ja wohl auch niemand!

Hat Mussolini, der italienische Ministerpräsident und Diktator, ohne es zu wollen, Hitler daran gehindert, einen **»echten Weltkrieg«** über den gesamten Erdball zu tragen?

Ist Italiens »Duce«, der Führer Mussoloni, möglicherweise der Retter der Menschheit?

Müssen alle heute dem italienischen Diktator dankbar sein, dass er durch sein Unvermögen, Krieg zu führen, Hitler bewog, den allumfassenden »Flächenbrand« mit Hilfe der muslimischen Völker nicht zu entzünden?

Die Vernichtung eines Großteils der Erdbevölkerung nach einer Entwicklung von nur 200.000 Jahren würde natürlich bedeuten, dass die überlebenden Bewohner auf Erde I bei Eintreten weiterer schwerer Katastrophen **verloren** wären!

Denn ein Ausweichen auf andere Himmelsgestirne wäre den verbleibenden Erdbewohnern nicht möglich gewesen, weil man zu jener Zeit noch nicht über die erforderlichen Techniken verfügte.

Wir »Toraner« dagegen konnten uns damals mit unserer viel weiter entwickelten Raumtechnik zur Andromeda-Galaxie absetzen und dadurch den spärlichen Rest unseres Volkes retten.

Damit schließt sich der Kreis:

Die »Toraner« waren vor mehreren Millionen Jahren in der Lage, aufgrund ihrer überwältigenden Technik sich auf einem fernen Planeten in Sicherheit zu bringen und damit auch ihre Art zu erhalten.

Die Menschheit dagegen hätte sich 1945, nach nur 200.000 Jahren, um »ein Haar« selbst vernichtet:

Offenbar bewirkte das Unvermögen eines eigentlich schwachen unbedeutenden kleinen italienischen Diktators und die Treue des fernen »Freundes« in Berlin zu ihm, dass der große mächtige, aber größenwahnsinnige deutsche Diktator die Erdbevölkerung nicht auslöschte!

Nun, mein Sohn, könnte man zum Schluss Deiner Studienphase, für die Du Dir den Diktator Adolf Hitler ausgesucht hast, alles salopp in nur »zwei Sätzen« zusammenfassen.

So endet die Geschichte um einen einst jungen Mann, den sie »Adi« nannten:

Eine Geschichte, die sich »Im Zeichen des Bösen« auf dem Wege vom kindlichen Adolf Hitler aus Leonding (1898) zum Erwachsenen Adolf Hitler im Berlin (1945) immer weiter aufschaukelte – bis hin zur absoluten Eskalation mit dem totalen Untergang des deutschen Volkes.

Eine Geschichte, bei der sich die »Bösartigkeit« des deutschen »Führers« über Freundesmord, Kameradenmord, Cousinenmord, Priestermord, Judenmord bis hin zum Völkermord irgendwann »selbst einholte«, weil es dann hinsichtlich des Wortes »Böse« keine Steigerung mehr gab.

Vergiss auch nicht die folgenden Begebenheiten, mein Sohn, die das »Aufschaukeln des Bösen« nochmals sehr eindrucksvoll unterstreichen:

- Das Mörderkomplott um die »Vasallen« Göbbels, Himmler, Bormann mit der Morddurchführung eines ehemaligen SS-Mannes an der wehrlosen Hitler-Nichte »Geli« Raubal mit Kenntnis der eigenen Mutter des Opfers.

- Den Meuchelmord an dem kleinen Gefreiten Eugen Wasner mit Hilfe der deutschen Wehrmacht, angeführt von Generalfeldmarschall Keitel.

- Den Befehl des an allen Fronten geschlagenen selbstherrlichen Feldherren Hitler an Albert Speer, seinen Rüstungsminister, April 1945, das eigene deutsche Volk zu bestrafen, weil es sich nicht als fähig erwiesen hatte, gegenüber den übermächtigen Kriegsgegnern den Endsieg zu erringen.

Und eine Geschichte um den »klugen Ziegenbock aus Leonding«, der sich auf seinem »Rachefeldzug« gegenüber dem deutschen Diktator im gleichen Zeitraum »selbst überholte«!

- Angefangen vom Biss eines gequälten schmerzgeplagten Haustieres in den Penis des 9jährigen »Adi« auf der Wies'n im ländlichen Leonding des Jahres **1898**, wo »Adi« seine Spielgefährten bei der Schandtat zur Mithilfe anstiftete, dem Tier ins Maul zu urinieren.

- Der vernichtenden, zutiefst beschämenden »Niederlage« beim Besuch der jüdischen Hure Rebecca im Wien des Jahres **1908** – dem ersten Liebesabenteuer des 19jährigen Adolf Hitler.

- Die Zurückweisung und sich bis zum grenzenlosen Hass steigernde Verachtung durch seine von ihm heiß geliebte Nichte »Geli« **1931**.

- Zwei Selbstmordversuche von Eva Braun, der Lebensgefährtin Hitlers, als junge Frau bereits kurz nach dem Tod von »Geli« Raubal **1932** und erneut **1934**.

- Sein unwürdiges Sterben als 56jähriger **1945** im umkämpften Berlin und damit das Scheitern all seiner größenwahnsinnigen Pläne von der Eroberung und Beherrschung Europas und der »Welt«!"

„Ich danke Dir, Vater, für diesen überaus lehrreichen Vortrag mit derart vielen interessanten und für mich als Student ganz neuen Informationen.

Obwohl Du, Vater, ja den Beruf des Soldaten ausübst, also nicht gerade ein Geschichtsstudium absolviert hast, ist Deine Art der Darstellung übergeordneter geschichtlicher Zusammenhänge so überzeugend, dass ich einigermaßen überrascht bin. In der Universität kriegen die das nicht so hin.

Ich staune immer wieder, wie Du, Vater, es fertigbringst, derart komplexe Zusammenhänge so miteinander zu verknüpfen, dass sie für jedermann sichtbar und auch einsichtig werden.

Hab vielen Dank für Alles, ich werde weiter darüber nachdenken. Das Ganze knüpft ja auch an unsere »Feldversuche« an, die bereits jetzt nach der »Episode Hitler« pessimistisch stimmen lassen, ob es den Menschen wirklich in Zukunft gelingen wird, ähnlichen »Rattenfängern« zu widerstehen.

Und doch beschleicht mich zum Schluss trotz allem Gelernten auch ein wenig Wehmut, wenn ich an die enge Verbindung zwischen uns »Toranern« und den Menschen denke, die meine Studien ganz eindeutig zutage gebracht haben.

Denn: eigentlich ist es doch schade, Vater, dass wir wegen der Gültigkeit unserer großen »Feldversuche« mit den Menschen nicht über an sich »weltweite« gemeinsame Ängste, aber auch neue hoffnungsvolle Erkenntnisse sprechen dürfen.

Auf der anderen Seite ist es aber, bezogen auf die Zukunft, auch wiederum tröstlich, denn es kommt ganz sicher einmal der Tag, wo wir »Toraner« uns mit all unserem Wissen und Können den Menschen zu erkennen geben dürfen. Ich freue mich schon heute auf diesen Tag, aber – zugegeben – ein wenig fürchte ich mich auch davor, trotz all unserer Überlegenheit."

Verlust der Heimat –
Der Fluch des Krieges vertreibt 1944/45 ein völlig unschuldiges 4jähriges Kind aus dem Deutschen Memelland

Adolf Hitler,

Sie Ausgeburt der Hölle, wer hat Sie autorisiert, das Volk der Polen zu überfallen und damit einen Weltkrieg heraufzubeschwören?

Wer hat Sie autorisiert die Nachbarstaaten Frankreich, Holland, Belgien und Dänemark zu überfallen und Krieg weit in den Norden nach Norwegen, im Osten zum Balkan und im Süden bis nach Afrika hineinzutragen?

Das deutsche Volk hat Sie zu diesen Überfällen auf autonome Länder nicht beauftragt – das deutsche Volk hat Ihnen 1933 lediglich mit Hilfe von Reichspräsident Hindenburg die Regierungsgewalt übertragen, und auch das nur im Rahmen der damaligen Verfassung!

Doch wer hat Sie, Adolf Hitler, autorisiert, sofort im Anschluss an die Ihnen übertragene Macht, Parteien, Organisationen, Zeitungen – alles was Ihnen nicht genehm war – zu verbieten, um dann Terror und Gewalt gegenüber dem eigenen Volk und allen Andersdenkenden – insbesondere gegenüber den jüdischen Mitbürgern auszuüben?

Sie, Adolf Hitler, wollten die absolute Gewalt, gebündelt in nur einer Person – Ihrer Person.

Über diese absolute Gewalt verfügten Sie ja auch alsbald und nutzten sie, um ganze Völker zu knechten.

Bis heute, im Jahre 2012, ist nicht klar, weshalb das deutsche Volk Ihnen, einem Ausländer, vertraute und Sie aus diesem Volk heraus derart viele »Heil-Hitler-Schreier« als Mitläufer gewannen.

Völlig ungeklärt ist auch bis heute, weshalb insbesondere »kluge Leute« wie Akademiker, Studierte, Richter, Ärzte, Lehrer, Pfarrer, Polizisten, Behördenbedienstete etc. Sie mit all ihrer Kraft unterstützten.

Sie, Adolf Hitler, hetzten Millionen von jungen Männern und Frauen, 19, 20, 21 Jahre alt, in einen mörderischen Krieg, den diese merkwürdigerweise willig annahmen, ja geradezu begeistert das Unrecht des Krieges mitmachten.

Nur am Rande ist bis heute geklärt, weshalb die »Intelligenz«, die sie ja geradezu frenetisch unterstützte, nicht umkehrte, als für jedermann ersichtlich wurde, dass man einem mörderischen Unrechtssystem diente.

Heute weiß man, dass Sie sich persönlich an etwa 50.000 (in Worten: fünfzigtausend) Andersdenkenden mit Hilfe von Schauprozessen und obszönen Hinrichtungen böse rächten.[29]

V. Stauffenberg, Canaris, v. Witzleben und viele mehr ließen Sie töten und häufig wie Schlachtvieh an Fleischerhaken aufhängen, um ihnen auch den letzten Rest von menschlicher Würde zu nehmen.

Den Gefreiten Eugen Wasner aus Leonding, der eine Kindergeschichte seinen Landserkameraden an der Ostfront erzählte, zerrten Sie als oberster Kriegsherr vor das Heeresgericht Berlin, weil er, der kleine Gefreite, eine Geschichte erzählte, bei der der neunjährige Adolf Hitler, genannt »Adi«, von einem Ziegenbock in den Penis gebissen wurde, als er dem Tier ins Maul urinierte.

Eugen Wasner musste Ende 1943 wegen dieser Geschichte unter die Guillotine, weil er keinen »Deut« vom Wahrheitsgehalt seiner Erzählung abwich!

Wer hat Sie, Adolf Hitler, ermächtigt, mir, dem vierjährigen Helmar Neubacher, die Heimat wegzunehmen?

Ich habe Sie 1933 nicht gewählt, und trotzdem musste ich, unter der Obhut meiner Mutter 1944/45 zusammen mit meinen beiden Brüdern das geliebte Memelland im äußersten östlichen Zipfel des damaligen Deutschen Reichs verlassen und im eisigen Winter 1944/45 nach Westen vor den anstürmenden russischen Armeen flüchten.

Vor drei Jahren durfte ich als 68jähriger meine ehemalige Heimat Sakuten/Ostpreußen/Kreis Memel, heute Litauen, wiedersehen.

Auf der »Scholle« meiner Eltern spielten zwei litauische Kinder, ein Junge und ein kleines Mädchen, etwa dreieinhalb und

---

[29] *Der Spiegel, Ein Menschenleben gilt für nix, Heft 43/1987, auch auf www.spiegel.de/spiegel/print/d-13525519.html*

viereinhalb Jahre alt. Die junge, blonde Mutter erklärte uns, dass sie beabsichtige, auf dem Land meiner »Väter« ein kleines Haus zu bauen.

„Sehr gut", bestärkte ich die Mutter in ihrer Idee,

„dann ist »unser Bauernhof« wieder mit Leben erfüllt."

Mir blieben nur ein paar Ziegelstücke meines Geburtshauses, etwas »Heimaterde« und die Blätter einer Kastanie, die wohl meine Eltern einst pflanzten – als »letzter« Gruß!

Der alte Bauernhof ist für zwei kleine litauische Kinder Heimat geworden, dagegen hat sich dieses Glück für mich, den »Vertriebenen«, in all den Jahrzehnten meines langen Lebens nicht erfüllt!

Ich habe für mich persönlich festgestellt, dass ich nun im letzten Drittel meines Lebens keine Heimat habe!

Schon gar nicht kam der Gedanke an Heimat in dem fremden Land Litauen auf. Selbst in Angesicht des ehemaligen Gehöfts meiner Eltern, von dem nur eine alte Scheune übrig geblieben ist, kam keine heimatliche Stimmung auf. Ich fühlte ganz deutlich, dass ich nicht »zu Hause« angekommen war:

- Mir gehörte nicht das Land.
- Ich hatte keinen litauischen Pass.
- Mir gehörte kein Wasser des dortigen Meeres an dem schönen Memelstrand.
- Ich hatte eigentlich nicht einmal das Recht, die klare Luft zu atmen – alles war litauisch!

An den vielen Stätten, wo ich auf unserer schönen Erde war – überall hätte ich mir ein neues Zuhause bauen können:

- Doch die Heimat ist nicht da, wo man gerade wohnt.
- Nein, die Heimat ist auf dem Stück Land, für das auch das eigene Herz spricht!
- Doch das Land, an dem auch mein Herz hängt, ist das Stückchen Land meiner Eltern in dem kleinen Dorf »Sakuten« im Kreis Memel (dem heutigen Kreis Kleipeda), falls es wieder deutsch wäre.
- So ist aber das, was Heimat hätte sein können, nur noch blasse Erinnerung.

Den Verlust meiner Heimat »verdanke« ich nicht dem »bösen Russen«, wie man es uns Jahrzehnte eintrichterte – nein, den Verlust meiner Heimat verdanke ich Ihnen, Adolf Hitler.

Sie streckten die Hand aus nach den fernen Ölfeldern im Kaukasus und unbegrenztem Lebensraum im Osten. Sie haben im Juni 1941 das russische Volk überfallen und einen überaus blutigen Krieg in das fremde Land getragen.

Doch Sie, unersättlicher Tyrann, machten einen entscheidenden Fehler, der letztlich – Gott sei Dank – auch zu Ihrem Scheitern bis zum »Untergang« führte.

Und wenn Ihnen, dem ehemaligen Bürger aus Österreich, der erst 1933 über die Behörden in Braunschweig Deutscher wurde, auch zunächst mehrere Millionen Rotarmisten in die Hände fielen, so haben Sie in Ihrer Vermessenheit eines nicht bedacht: Nachdem Ihre Soldaten und die nachfolgende Mörder-SS das russische Volk gequält und das riesige Land bis zur Wolga unberechtigt in Besitz nahmen, geschah das völlig Unerwartete:

- Das geknechtete russische Volk war offenbar bereits 1941/42 am Ende seiner Kraft, doch dann erwachte, wie ein Wunder, der »russische Bär« – ein wahrer Riese mit gewaltigen Kräften war geweckt.

- Und dieser Riese, unterstützt durch den russischen Winter, ermutigte noch einmal das schwache ausgelaugte Volk und versah es mit neuen ungeahnten Kräften.

- Dieses an sich schon besiegte Volk schlug Sie, Adolf Hitler, mit Ihren »Unrechtssoldaten« bei Stalingrad im Januar 1943 »in die Flucht«.

Leider bekam auch ich, der vierjährige Helmar, 1944/45 die furchtbaren Pranken des »Russischen Bären« zu spüren, so dass wir im eisigen Winter 1944/45 auf Planwagen, gezogen von Trakehnerpferden, in einem elendigen Flüchtlingstreck überstürzt die geliebte Heimat verlassen mussten. Denn der »Russische Bär« war so wütend und hat so viele furchtbare Wunden durch Sie, Hitler den Aggressor, erlitten, dass er nicht mehr unterscheiden konnte zwischen schuldigen erwachsenen Deutschen und völlig unschuldigen Kindern.

Der blindlings vorstürmende Bär hatte nur noch ein Ziel: Den Auslöser allen Übels, Adolf Hitler, zu stellen in seinem Bunker in Berlin, eingegraben und verschanzt unter der Erde.

Wer waren Sie, Adolf Hitler? Was waren Sie? Waren Sie Mensch, waren Sie Monster oder doch nur menschliches »Monster«?

Weshalb waren Sie, Adolf Hitler, derart »böse«, dass es für das Wort »böse« gar keine Steigerung mehr gibt?

Dieser Frage versuchten viele Autoren und Filmemacher in der Vergangenheit nachzugehen! Doch leider hat bisher niemand diese Fragen auch nur annähernd, geschweige denn erschöpfend, beantworten können.

Bedarf es möglicherweise ganz neuer Denkansätze, um Ihnen, »Adolf Hitler«, die Maske des »Mystischen« herunterzureißen, hinter der Sie sich zeitlebens versteckten?

Müssen in Zukunft auch Autoren ganz neue Wege gehen?

Können evtl. Buchformen weiterhelfen, die wissenschaftlich alle Quellen durch Zitate belegen und gleichzeitig dem Autor gestatten, eine fiktive Handlung einzubauen, dem Autor es also ermöglichen, bei der »Geburt« der Gesamtgeschichte, auch die eigene Fantasie und Bewertung uneingeschränkt einzusetzen?

Als Quintessenz wird möglicherweise die mystische »Fratze« des ehemaligen »Führers« der Deutschen Schritt um Schritt für jedermann zunehmend sichtbar und zum Ende hin sogar das Geheimnis um seine »Person« enträtselt!

Insbesondere bekannte Autoren wie Joachim Fest, Jan Kershaw, Allan Bullok und John Toland haben Biografien über Sie, Adolf Hitler, geschrieben mit dem Erfolg: Je dicker die Bücher wurden, desto undeutlicher wird das Gesicht des »Dämonen«.

Man hat den Eindruck, J. Fest und seine Autorenkollegen haben mehr im Sinn Bücher zu schreiben, die allumfassend und vollständig unter Nutzung ausgewählter Quellen sind. Offenbar unter der ständigen Angst vor den eigenen Kritikerkollegen, etwas vergessen zu haben, wird alles, aber auch alles, was an Informationsmaterial »greifbar« ist, verwendet.

Die Folge: »Das Gesicht« Adolf Hitlers verschwimmt zusehends, wird immer undeutlicher, je dicker das Buch wird. Das Gesicht verzerrt sich zur »Fratze« und verschwindet nach 1000 Buchseiten gänzlich!

Trotzdem gilt die Hitler-Biografie von Joachim Fest heute als Standardwerk. Und doch muss kritisiert werden, dass der berühmte Autor insbesondere die Zeugen des Untergangs 1945 im Führerbunker nicht hinreichend genug als Quellen heranzog.

Linge, der Diener, Traudl Junge, die Sekretärin, Misch, der Telefonist und Leibwächter, waren jahrelang in Hitlers unmittelbarer Nähe und das fast täglich! Sie, wie kein anderer, hätten durchaus in J. Fests Biografie als Zeitzeugen verstärkt herangezogen werden können, wobei aber zu bedenken ist:

Obwohl alle Drei von Russen oder/und Amerikanern peinlichst genau befragt wurden, haben sie eigentlich keine »Geheimnisse« preisgegeben.

Selbst ihre Bücher, die leider später als die Erstausgabe von »Fest« erschienen, sind derart allgemein gehalten, so dass ich vermute, dass sie die wesentlichen Dinge aus dem Leben ihres »Chefs« verschwiegen. Das »Gesicht« und insbesondere das Privatleben bleiben im absoluten Dunkel.

Sie, die jeden Freudentaumel und jeden Wutausbruch aus allernächster Nähe geradezu »fühlbar« miterlebten, sagen eigentlich nichts – schon gar nicht etwas Negatives über ihren Dienstherrn. Alle Drei bilden mit ihrem »Führer« offenbar eine verschworene Gemeinschaft über den Tod hinaus!

Selbst wenn Traudl Junge am Ende ihres Lebens äußert, dass sie im Nachhinein sich selbst nicht verstehen könne, dass sie derart »hitlerhörig« gewesen sei, dann klingt das für mich im höchsten Maße unehrlich.

Sogar zum Liebesleben ihres »Idols« mit Eva Braun sagen »die Zeugen« nicht ein klärendes und vor allem überzeugendes Wort, obwohl ihnen sicher keine Nuance der merkwürdigen Zweisamkeit wegen ihrer »körperlichen Nähe« zu den beiden entgangen sein kann.

- Hatte Hitler Sex mit Eva Braun?
- War Hitler homosexuell, wie häufig nachgesagt?
- Mit welchen anderen Frauen hatte er sexuelle Beziehungen?
- War Hitler überhaupt fähig, den sexuellen Akt zu vollziehen?
- Waren Penis und/oder Hoden verkrüppelt oder gar durch den Biss des »Ziegenbocks von Leonding« im Jahre 1897 brutal verändert worden?

Die Personen, die alles genau wissen mussten, sagen nichts – Treue gegenüber ihrem »Idol«, dem »Führer«, geht ihnen über alles.

Ihre Loyalität über den Tod hinaus ist maßgeblich dafür verantwortlich, dass das Gesicht des »Führers« der Deutschen auch noch heute im Dunkel ist – mystisch, verklärt.

Bei einem normalen Mann, der für sein Leben geschädigt ist, weil sein Penis verunstaltet und er damit nicht in der Lage ist, das Schönste, was Gott dem Manne gegeben hat, auszuüben – die körperliche Liebe und Fortplanzung mit der Frau – könnte man Mitleid haben.

So ist das im Falle des Adolf Hitler aber anders:

- unnatürlich verformte Geschlechtsorgane könnten durchaus eine Erklärung, weil Mitursache, dafür sein, dass der »Mensch Hitler« sich der »Welt« derart »böse« präsentiert, dass es für das Wort »böse« gar keine Steigerung mehr gibt. Im Falle des »Menschen Hitler« kann durchaus von der Inkarnation des Bösen gesprochen werden, vergleichbar der »Bösartigkeit des leibhaftigen Teufels«!

- Hitler war fanatisch, brutal und skrupellos – mit diesen Attributen bescherte er uns den 2. Weltkrieg, die größte Katastrophe der Menschheitsgeschichte mit etwa 65.000.000 Toten!

So scheint insbesondere die »Ziegenbockgeschichte« des 9jährigen »Adi« aus Leonding, im Jahre 1898, einen untrüglichen Hinweis darauf zu geben, dass mit den Sexualorganen des später erwachsenen »Mannes Hitler« tatsächlich etwas nicht stimmte!

- Die »Ziegenbockgeschichte«, von der der kleine Gefreite Eugen Wasner aus Kindertagen seines Schulfreundes Adolf Hitler berichtet, wird von seinem Rechtsanwalt Güstrow in dessen Buch »Tödlicher Alltag. Strafverteidiger im Dritten Reich« ausführlich beschrieben. … und Güstrow kann durchaus, im Gegensatz zu Linge, Junge und Mischke als authentische Quelle herangezogen werden, denn er war kein Vasall des »Führers«!

- Er, Güstrow, vertrat Eugen Wasner vor dem Heeresgericht in Berlin und begleitete seinen Mandanten auf dessen Weg zur Guillotine bis an die Tür des Innenhofes im Gefängnis Plötzensee.

Es kann angenommen werden, dass Fanatismus, Brutalität, Skrupellosigkeit bereits bei der Geburt des Adolf Hitler als »Erbanlage« vorhanden gewesen sein müssen.

- Deshalb kann man auch nicht sagen, der Biss des Ziegenbocks aus Leonding, sei die »Wurzel allen Übels«.
- Der Biss des Ziegenbockes mag aber ganz wesentlich dazu beigetragen haben, die Bösartigkeit dieses Menschen verstärkt hervorzuheben, denn eine markante Penisverstümmelung hätte unweigerlich dazu geführt, dass aus dem strahlenden »Dauersieger« auch ein »Dauerverlierer« wurde – besonders in der Damenwelt und im eigenen Selbstwertgefühl.

Das äußerte sich durch eine damals für jedermann sichtbare besondere Eigenart:

- Der mächtige »Führer« der Deutschen fiel immer wieder wegen seiner »linkischen Erscheinung« auf, die in krassem Widerspruch zu seinem gewünschten strammen, soldatischen »Weltbild« stand. Ganz eindeutig handelte es sich um schwere Minderwertigkeitskomplexe, die dann durch bösartige Handlungen kompensiert wurden.
- Dieser Eindruck wurde auch immer wieder dadurch bestätigt, dass Hitler bei allen möglichen Situationen »linkisch« dastand. Seine Hände hingen dann so herunter, dass man den Eindruck haben musste, dass er mit übereinander gelegten Handflächen seine Geschlechtsteile beschützten wollte.

Es wird allerhöchste Zeit, dass sich neue Autoren, alte und junge, mit dem Phänomen »Adolf Hitler« und seinem »treuen Umfeld« auseinandersetzen. Dies muss jetzt sein, das muss heute sein – nicht morgen! Denn morgen kann es zu spät sein.

- Heute gibt es nur noch **wenige**, die am 2. Weltkrieg aktiv teilnahmen,
- **viele**, die damals in Kriegszeiten als Kinder geboren wurden und
- **sehr viele**, an der damaligen Zeit interessierte »aufrechte« Bürger!

»Braune Gesinnung« ist auch heute, 2012, wieder vermehrt anzutreffen, kann man nicht verbieten und schon gar nicht mittels Überwachung von Geheimdiensten bekämpfen. Rechte Gesinnung muss niedergerungen werden durch Argumentation der Staatstreuen, die es zum Glück heute noch zu Millionen gibt.

Aber **morgen** kann es schon zu spät sein, denn das Gesicht Hitlers verschwimmt nicht nur in den Biografien der Historiker, sondern zusehends im Bewusstsein der Jugend, die mittlerweile ganz andere Interessen hat.

Kürzlich sah ich in einer Fernsehsendung wie eine Jüdin, die das Konzentrationslager Auschwitz 1945 überlebt hatte, heute darüber denkt:

Obwohl sie und ihre Zwillingsschwester von SS-Arzt Mengele, dem »Engel von Auschwitz«, bestialisch gequält und Vater und Mutter im Lager ermordet wurden, hat sie dem Scheusal Mengele verziehen.

Ich, ich Helmar Neubacher, bitte den Herrn hier noch einmal alttestamentarisch zu verfahren – Auge um Auge, Zahn um Zahn – und nicht wie jene Mitbürgerin jüdischen Glaubens in ihrer Großmut zu verzeihen.

Zumindest bei diesem Unmenschen Hitler mag die Vorsehung, die er so oft beschworen hat, ihn alles bis ins letzte Glied vergelten lassen. Das Bild der biblischen Hölle für diesen Mann mag angemessen sein, um den Opfern ein wenig Genugtuung zu verschaffen. Seine Einsichtslosigkeit, sein Beschimpfen des durch den Krieg bereits waidwunden eigenen Volkes sollten Grund genug sein, um ihm erst dann zu vergeben, wenn er durch die Läuterung höllischer Strafe zu Einsicht und ehrlicher Reue gekommen ist. Gleiches gilt für die zahllosen Mittäter.

Der Autor

Naziherrschaft
– ein Regime des Schreckens

Insgesamt ließ der selbst ernannte »Führer« der Deutschen, überwiegend in den zwölf Jahren, drei Monaten und neun Tagen, in denen sein »1000jähriges Reich« bestand, etwa 50.000 (in Worten fünfzigtausend!) Männer und Frauen dahinmeucheln, die nicht seiner Meinung waren – Widerstandskämpfer, Oppositionelle und am »Endsieg« zweifelnde.

An dieser Stelle werden bekannte mutigen Soldaten genannt, die am Attentat des 20. Juli 1944 auf Hitler beteiligt waren.

Sie werden stellvertretend für das Heer der ermordeten Nazigegner aufgeführt – mögen ihre Namen mithelfen, das Andenken an die 50.000 wachzuhalten, die ihr Leben für andere gaben.

Sie verloren ihr Leben durch Verurteilung zum Tode und anschließender Hinrichtung, standrechtliches Erschießen sowie Selbstmord:

· Generaloberst a.D. Ludwig Beck, erschossen

· Oberstleutnant i.G. Robert Bernardis, hingerichtet

· Major i.G. Hans-Jürgen Graf von Blumenthal, hingerichtet

· Oberstleutnant i.G. Hasso von Boehmer, hingerichtet

· Admiral Wilhelm Canaris, hingerichtet

· Hauptmann Max-Ulrich Graf von Drechsel, hingerichtet

· Oberstleutnant i.G. Karl-Heinz Engelhorn, hingerichtet

· Oberstleutnant Hans Otto Erdmann, hingerichtet

· General Erich Fellgiebel, hingerichtet

- Oberst i.G. Eberhard Finckh, hingerichtet

- Generaloberst Friedrich Fromm, erschossen

- Hauptmann Ludwig Gehre, hingerichtet

- Oberleutnant Werner von Haeften, erschossen

- Oberleutnant d.R. Albrecht von Hagen, hingerichtet

- Oberst Kurt Hahn, hingerichtet

- Oberst i.G. Georg Hansen, hingerichtet

- Generalleutnant Paul von Hase, hingerichtet

- Major i.G. Egbert Hayessen, hingerichtet

- Generalmajor Otto Herfurth, hingerichtet

- Generaloberst Erich Hoepner, hingerichtet

- Major Roland von Hößlin, hingerichtet

- Oberstleutnant Caesar von Hofacker, hingerichtet

- Oberst Friedrich Gustav Jäger, hingerichtet

- Hauptmann d.R. Jens Jessen, hingerichtet

- Oberstleutnant i.G. Bernhard Klamroth, hingerichtet

- Major d.R. Hans Georg Klamroth, hingerichtet

- Hauptmann Friedrich Karl Klausing, hingerichtet

- Major Gerhard Knaack, hingerichtet

- Oberstleutnant Fritz von der Lancken, hingerichtet

- Major Ludwig Freiherr von Leonrod, hingerichtet

- General Fritz Lindemann, erschossen

- Oberst i.G. Hans-Ottfried von Linstow, hingerichtet

- Oberst Rudolf Graf von Marogna-Redwitz, hingerichtet

- Oberst i.G. Joachim Meichßner, hingerichtet

- Oberstleutnant Ernst Munzinger, erschossen

- Major i.G. Hans-Ulrich von Oertzen, Selbstmord

- General Friedrich Olbricht, erschossen

- Generalmajor Hans Oster, hingerichtet

- Oberst Albrecht Ritter Mertz von Quirnheim, erschossen

- General Dr. Friedrich von Rabenau, erschossen

- Oberstleutnant i.G. Karl Ernst Rathgens, hingerichtet

- Oberst Alexis Freiherr von Roenne, hingerichtet

- Generalfeldmarschall Erwin Rommel, Selbstmord

- Generalstabsrichter Karl Sack, hingerichtet

- Oberstleutnant i.G. Joachim Sadrozinski, hingerichtet

- Major Hans-Viktor von Salviati, hingerichtet

- Major Adolf Friedrich von Schack, hingerichtet

- Oberst Hermann Schöne, hingerichtet

- Rittmeister d.R. Friedrich Scholz-Babisch, hingerichtet

- Oberleutnant d.R. Fritz-Dietlof Graf von der Schulenburg, hingerichtet

- Oberst i.G. Georg Schulze-Büttger, hingerichtet

- Hauptmann Ulrich-Wilhelm Graf Schwerin von Schwanenfeld, hingerichtet

- Oberstleutnant i.G. Günther Smend, hingerichtet

- Generalmajor Hans Emil Otto von Sponeck, erschossen

- Oberst Claus Graf Schenk von Stauffenberg, erschossen

- Generalmajor Helmuth Stieff, hingerichtet

- General Karl-Heinrich von Stülpnagel, hingerichtet

- Generalleutnant Fritz Thiele, hingerichtet

- Major Busso Thoma, hingerichtet

- Generalleutnant Karl Freiherr von Thüngen, hingerichtet

- Oberstleutnant Gerd von Tresckow, Selbstmord

- Oberstleutnant Hans-Alexander von Voss, Selbstmord

- Leutnant d.R. Graf Peter York von Wartenburg, hingerichtet

- Generalfeldmarschall Erwin von Witzleben, hingerichtet

- Generalleutnant Gustav von Ziehlberg, erschossen

Diese Liste ist nicht vollständig. Weitere Namen der Racheopfer des Attentats vom 20. Juli 1944 finden Sie z. B. unter
- Hans-Albert Hoffmann, Die deutsche Heeresführung im Zweiten Weltkrieg, Steffen Verlag, [2011], S. 152/153
- www.denkmalprojekt.org/Gedenkbuecher/gb_20_juli_44. htm
- http://de.wikipedia.org/wiki/Personen_des_20._Juli_1944

Besuchen sie, verehrter Leser , die Gedenkstätte Plötzensee , wenn Sie in Berlin sind. Dort ließ Hitler in der Zeit von 1933 bis 1945 insgesamt 2891 Regimegegner und -kritiker hinrichten.

Dieses Buch entstand zu Ehren des Gefreiten Eugen Wasner, geboren in Leonding, Österreich.

Eugen Wasner ging keinen Deut vom Wahrheitsgehalt einer Geschichte ab, die er seinen Landserkollegen 1943 an der Ostfront erzählte.

Danach hatte ein Ziegenbock dem 9jährigen »Adi« in den Penis gebissen, als dieser dem Bock in das Maul urinierte.

Und Eugen Wasner musste es wissen – denn er und sein Mitschüler Bruno Kneisel assistierten 1898 bei der kindlichen Schandtat.

Von seinem damaligen Schulfreund, Adolf Hitler, wurde Eugen Wasner aufgrund dieser Geschichte über das Heeresgericht Berlin wegen Wehrkraftzersetzung und »Führer«-Beleidigung zum Tode verurteilt und durch die Guillotine hingerichtet.

Der »Führer« und Reichskanzler des Deutschen Volkes rächte sich damit furchtbar an seinem »kleinsten Soldaten« – ein unverhältnismäßig hoher Preis für eine Kindergeschichte!

»An dem Wahrheitsgehalt von Wasners Bericht, der ein naiver, aber tief gottesfürchtiger Mensch war, habe ich nie einen Zweifel gehabt«[30]*,* schreibt Dietrich Güstrow (Realname: Dietrich Wilde), der Eugen Wasner vor dem Heeresgericht Berlin als Rechtsanwalt verteidigte und den Todeskandidaten im November 1943 auf seinem Weg zur Guillotine bis an die Tür des Hinrichtungshofes von Berlin-Plötzensee begleitete.

Persönliche Bitte des Autors:

Für eine mögliche Neuauflage dieses Buches würde ich gern zu Ehren des Gefreiten Eugen Wasner sein Bild veröffentlichen.

Hiermit bitte ich Verwandte und Bekannte von Eugen Wasner aus Leonding, mir ein solches Bild aus der damaligen Zeit zur Verfügung zu stellen.

---

[30] *Dietrich Güstrow, Tödlicher Alltag. Strafverteidiger im Dritten Reich, Severin und Siedler [1981], S. 144*

KINDER in HUNGERSNOT

HELFEN bringt auch dem Helfenden Zufriedenheit!

Lesen Sie bitte auch die nächste Seite.

Wir sausen auf teuren Rennrädern aus Carbon durch die Gegend,

- genießen auf chromblitzenden Choppern die herrliche Natur,
- fahren mit PS-starken Nobelkarossen in Urlaub,
- kreuzen mit Segel- und Motorjachten über die Meere,
- fliegen in Sportflugzeugen durch Gottes Himmel

… und das alles nur zum Spaß!

Auf der anderen Seite stirbt alle 3 Sekunden ein Menschenkind, weil es nichts zu trinken und auch nichts zu essen hat.

Tsunamis, Erdbeben und von uns selbst verursachte Katastrophen verstärken dieses unsägliche Leid – und bringen jenen »Ball«, den wir großspurig »Welt«, aber wegen seiner Winzigkeit und Anfälligkeit auch »Erde« nennen, fast zum Zerbrechen!

Genießen wir weiter unseren verdienten Wohlstand, aber öffnen wir auch unser Herz für großes Leid und großes Unrecht, unmittelbar vor der eigenen Haustür!

Wechseln wir vom REDEN zum TUN!!!

Dazu habe ich mir zwei Fragen gestellt:

1. Wie ordne ich meine derzeitige Lebenssituation auf einer Befindlichkeitsskala ein:
   - hervorragend
   - zufriedenstellend
   - einigermaßen
   - schlecht.

2. Kann ich ein wenig an die abgeben, die nicht einmal genug zu Essen und zu Trinken haben?

Die Beurteilung auf der Skala für mich selbst ergibt: **hervorragend.**

Deshalb werde ich von jedem verkauften Buch 5 % meines Autorenhonorars für Kinder verwenden, die sich in Hungersnot befinden.

Ich bitte alle Menschen, sich ebenfalls die Fragen 1 und 2 zu stellen und dann nach einer ehrlichen Antwort den Weg zu einem Spendenkonto zu finden.

Es bedankt sich sehr herzlich Ihr H. Neubacher, Autor.

Bildnachweis

Abbildung auf Buchumschlag:

- Kopf von Adolf Hitler/Karikatur: www. schaduf-book.de
- Foto eines präparierten Ziegenbock-Schädels
- Hausziege: capra aegagrus hircus
- Der Schädel ist Eigentum des Autors

Foto: Helmar Neubacher

Abb. 4:

- Umzeichnung nach Skizze aus:

    Gudrun Pausewang, Adi – Jugend eines Diktators, Ravensburger Buchverlag, [1997], S. 6

    und

    August Kubizek, Adolf Hitler – Mein Jugendfreund, Leopold Stocker Verlag, Graz [1953], S. 112/113

Abb.7   Unterkiefer des Ziegenbockschädels auf Buchdeckel
Foto: Helmar Neubacher

Foto auf Seite 153:

- mit freundlicher Genehmigung N. Khoyun, Insel Sylt, Deutschland

Alle anderen Abbildungen vom Autor.

Kontakt zum Autor:

Webseiten: www. schaduf-book.de

                     www. pyramidenbau-aegypten.de

E-Mail Adressen: info@schaduf-book.de

                     info@pyramidenbau-aegypten.de